# 真夏の焼きそば

食堂のおばちゃん❺

山口恵以子

ハルキ文庫



角川春樹事務所

# 目次


第一話　真夏の焼きそば　7
第二話　禁断のチーズ和え　57
第三話　初めてのハラール　105
第四話　過ぎし日のカブラ蒸し　153
第五話　気の強い小鍋立て　199
〈巻末〉食堂のおばちゃんのワンポイントアドバイス

# 真夏の焼きそば

食堂のおばちゃん5

# 第一話

# 真夏の焼きそば

今年の夏、はじめ食堂は揺れていた。

切っ掛けは日替わり定食の一品「冷やしナスうどん」だった。半月形に薄く切った茄子《なす》をゴマ油で炒《いた》め、酒・醤油《しょうゆ》・和風出汁《だし》と中華スープの素《もと》・砂糖と鷹《たか》の爪《つめ》少々で味を付け、冷蔵庫で冷たく冷《ひ》やす。これを冷たいうどんの横に載せて出す。つけ汁はつけてもぶっかけてもお好みで。

レシピを書けば簡単だが、暑い夏の盛りに一口食べると、喉《のど》ごしの良さ、ピリ辛風味の爽快《そうかい》さで……。

「もう、箸《はし》が止まんない！」

お客さんは口を揃《そろ》える。

「夏はこれよね。食欲なくてもツルツル入っちゃう」

その日の日替わり定食のもう一品は、豚の生姜《しょうが》焼き。定食の焼き魚は文化サバ、煮魚はカラスガレイ。小鉢は白滝とタラコの煎《い》り煮《に》、さっと焼いた利休揚げ。それにドレッシング三種類かけ放題のサラダ、お新香、お代わり自由のご飯と味噌汁《みそしる》が付いて七百円。もちろん、お新香だって自家製だ。

安いとは言えないが、高いとも言わせない気遣いが入っている。

ちなみに、定番ランチ定食はトンカツと海老《えび》フライ。海老フライだけは千円だが、その代り特大海老三本に自家製タルタルソース（超美味！）が付く。

「ねえ、おばちゃん、明日も冷たい麺《めん》、出してくれない？」

「私、冷やしとろろ蕎麦《そば》が食べたい！」

「それよりいっそ、ネバネバ系のぶっかけ麺にして。とろろと納豆とめかぶとナメコと温玉！」

「私、何でも良い。冷やし中華でも冷麺でも冷製パスタでも！」

勘定を払いながら、新しく常連になったワカイ分室のOLたちが、矢継ぎ早に要望を口にした。

「そうねえ……」

二三《ふみ》が迷っていると、OLの一人が大袈裟《おおげさ》に顔をしかめた。

「だってさあ、私たち、体調ガタガタなのよ。表は猛暑なのに、会社の中は冷房きつくて」

「あら、お宅の会社、節電しないの？」

「計算機がいっぱいあるでしょ。その管理で室温設定、低いのよね」

「会社から一歩外に出た途端、身体《からだ》中から汗が噴き出すわ」

「そりゃあ、可哀想《かわいそう》に」

「でしょ？　だから、お願い」

「ね、ね」

拝む真似《まね》をされて二三は苦笑したが、頷《うなず》かざるを得なかった。

「わかった。明日も何か、考えとくね」

ランチタイムの飲食店は一時を過ぎると客の波が一気に引く。はじめ食堂も例外ではない。

空席の目立ち始めた時間にやって来るのは、ご常連の野田梓《のだあずさ》と三原茂之《みはらしげゆき》だった。

「……って、リクエストされちゃったんです」

冷たい麦茶を出しながら二三が言うと、二人は「なるほど」と頷いた。

「確かに夏は、冷たい麺が定番でも良いかもしれないわね」

冷やしナスうどんを注文した梓が言った。

「最近、特に暑いですからねえ。一昔前は暑いと言っても三十度程度だったのに、三十五度が続くんだから」

そう言う三原が注文したのは焼き魚定食だった。奥さんに先立たれて一人暮らし、一日の栄養のメインがはじめ食堂のランチ、夕食は麺類が多いそうなので、昼は麺類を控えるのだろう。

「あたしはお客さんのご要望があれば、夏の間、日替わりで冷たい麺を出すのは、悪くないと思うわ」

定食の味噌汁をよそいながら、カウンター越しに一子《いちこ》が言った。

「麺類は、そんなにお金や手間もかからないし」

「良いじゃん、やろうよ、おばちゃん」

冷やしナスうどんを盛り付ける手を止めず、万里《ばんり》も賛成した。

「そうね。じゃ、やるか」

二三も乗り気になって、定食の盆を整えた。

「で、明日、何にする？」

「ほら、ＯＬさんの言ってた、ネバネバ系のぶっかけ麺は？　あれ、美味《おい》しいわよ」

冷やしナスうどんを豪快に啜《すす》り上《あ》げて、梓が言った。

「それに、栄養満点だし」

一子が思い出す顔になった。

「何の番組だったかしら？　確か、ネバネバ系の食べ物は癌《がん》の予防になるって……」

「俺はさ、意表を突いて、冷製パスタで攻めたいな」

カウンターの中で万里が腕組みをした。

「冷製カッペリーニ、美味《うま》いよ。トマトとツナが一番有名だけど、俺的にはツナじゃなくて、生ハムかタラコかアサリ使いたいな」

カッペリーニは素麺《そうめん》のような極細のパスタである。万里はシラスから鮪《まぐろ》まで尾頭付きの魚は一切食べられないので、肉類・魚卵・貝で作りたいのだ。

「それ、良いんじゃない？ お洒落《しゃれ》だし、若い女の子には人気だと思うわ」

「帝都《ていと》のカジュアルレストランでも、パスタランチは大人気ですね。特に、女性のお客様に。夏のメニューには必ず冷製パスタが載ってるくらいです」

梓と三原の賛同を得て、万里は単純にどや顔になった。梓は銀座の老舗《しにせ》クラブのチーママ、三原は元帝都ホテル社長・現特別顧問なので、二人の意見にはそれなりの重みがある。

「つーわけでさ、これから九月まで、はじめ食堂の日替わりランチには冷たい麺が登場だから」

「あら、良いわね。あたし、大好き」

「明日はカッペリーニなの？ 女心が巻き取られそう」

「私、普通に素麺やざる蕎麦も良いと思うわ」

万里の説明に、派手なリアクションで応じたのは、六本木のショーパブに勤めるニューハーフのご常連、メイ・モニカ・ジョリーンの三人組だ。閉店間際の時間に現れるのがいつものパターンで、ちょうど梓と三原と入れ違いになる。

「焼き魚と煮魚、余ってるの。召し上がる？」

「もちろん！」

もう新しくお客が入ってくる気遣いはないので、余ったおかずは気前よくサービスしてしまう。その代り、三人とも配膳《はいぜん》や片付けを手伝ってくれる。

万里は三人と同じテーブルで賄いの生姜焼き定食を食べ始めた。

メイこと青木《あおき》皐《さつき》は万里の中学の同級生で、性同一性障害を自覚してニューハーフの道を選び、戸籍名も「すすむ」から「さつき」に改めた。不思議な縁で万里と再会し、それからは仲間を連れてはじめ食堂を贔屓《ひいき》にしてくれるようになった。二人の友情がなければ、二三も一子も、メイやその仲間たちと親しくなることはなかったろう。

「それで、カッペリーニから先の麺のラインナップは考えた？」

冷やしナスうどんを啜りながらメイが訊《き》くと、万里はすぐさま答えた。

「まずはネバネバ系のぶっかけ蕎麦。冷やし中華。冷しゃぶうどんに冷やしタヌキ。別バージョンのカッペリーニ。和洋中で月曜から金曜までローテーション決めて、たまに変則で素麺とか焼きそばとか入れようかと思うんだ」

「焼きそばって、ソース焼きそば？」

「うん。あれ、意外にファンが多いし。夏祭りの屋台でも定番だし」

「ついでに焼きうどんも混ぜて欲しいわ。大好きなの」

「焼きそばって言えば、ほら、何て言った？　タイの焼きそば。あれもいけるわよ。暑い国の料理だもん」

タイ風焼きそば〝パッタイ〟を挙げたのはジョリーンだ。

後で思えばこの瞬間、気楽なおしゃべりで油を差され、回転速度を増していた万里の頭に、新たなアイデアが閃《ひらめ》いたのである。

「そうだ！」

万里は箸を握ったまま椅子《いす》から立ち上がった。そして二三と一子の座るテーブルに向って元気よく言ったのだ。

「おばちゃん、うちもワンコインメニュー、始めようよ！」

二三と一子は思わず箸を止めて万里の顔を見上げた。

「麺とか丼《どんぶり》とか、味噌汁小鉢サラダなしで、ワンプレートぽっきり五百円！　手軽にササッと喰《く》えて、忙しいサラリーマンに受けると思うんだ」

二人の返事も待たず、万里は先を続けた。

「ついでに、テイクアウト始めない？　おにぎりとかいなり寿司《ずし》とか炊き込みご飯とか。同僚に頼まれて、一人でいくつも買ってく人もいるんじゃないかな」

二三と一子は互いの目を見交わした。ワンコインもテイクアウトも、これまでのはじめ食堂にはなかったアイデアで、とても即答出来る提案ではない。しかし……。

「確かに、良い考えかも知れないわね」

二三は独り言のように呟《つぶや》いた。

はじめ食堂のキャパシティを考えれば、ランチで現状を上回る売上げを達成するのは難しい。集客が望めるのは十一時半から一時の一時間半で、その間に客席はほぼ三回転している。これ以上お客さんを入れるのは無理だろう。

しかし、ワンコインメニューなら回転率はアップするに違いない。テイクアウトなら、客席とは関係ない売上げになる。

「あたしも良い考えだと思うわ。でも、どっちも今までやったことがないから、急には決められないわ。少し考えさせてね」

一子が穏やかな笑みを浮かべて言った。

「もちろん。俺だって、いざ実行となったら、クリアしなくちゃならない問題がいっぱい出てくるのは分ってる。まずは慎重に、充分考えるよ」

万里は殊勝に答えたが、その実、新しいアイデアに夢中になっていることが、二三と一子には手に取るように分るのだった。

「お姑《かあ》さん。ホントのところ、どう思う？」

その日の昼営業が終り、万里が家に帰って二人だけになると、二三は一子に尋ねた。他《ほか》には誰《だれ》もいないのに、つい声を落としがちになる。

「発想自体は、悪くないと思うのよ。ただ、持ち帰りは問題ないと思うんだけど、五百円の方は、どうかしらねえ」

「実は、私もお姑さんと同じ。グループで来て、定食の人とワンコインの人に分れたら、結局売上げが減って回転率は上がらないってことになるし」

「ワンコインのお客さんが増えたら、店もこれまでの方針を変えないといけないかも知れないからねえ」

美味しくてリーズナブルで栄養バランスが良くて季節感のある料理……フランス料理の名コックだった夫・孝蔵《こうぞう》が急死し、人に知られた洋食屋から平凡な家庭料理を出す食堂に衣替えしたときから、一子が守り続けてきた方針だった。

しかし、ワンコインメニューでそれを達成するのは難しいだろう。

「それに麵類や丼物は、大手のチェーン店がいっぱいあるからね。それと肩を並べてやっていくのは、難しいと思うのよ」

「私もそう思う」

二三は畳に投げ出した足を組み替えた。はじめ食堂の二階は居住スペースで、小さな台所と茶の間、六畳二間と四畳半、そして後から取り付けたユニットバスがある。建物は築六十年を超えて、今や古民家に近い。当然ながら、オール畳である。

「でもねえ、万里君のあの意気込みじゃ、承知しないかもね」

二三は溜息《ためいき》交じりに懸念を吐き出した。

「あの子が一生懸命、はじめ食堂のことを考えてくれるのは、嬉《うれ》しいんだけどねえ」

「ほんとに。三日坊主のフリーターだった子が、よくここまで成長したと思うわ」

それは「嫁も孫もバイトも、褒めて育てる」という一子の心意気の賜物《たまもの》かも知れない。

「これが新メニューだったら、取《と》り敢《あ》えずやってみて、評判悪かったらやめれば良いんだけど、ワンコインはそうはいかないわ」

一度ワンコインメニューを定番にして途中で引っ込めたら、お客さんには〝割高感〟が残るのではないか？

二三の心配はそれだった。一子が同じことを考えているのも、顔を見れば分る。

「どうしたもんかしら？」

二人は同時に溜息を吐《つ》いた。

「やってみれば良いじゃない。ダメだったら振り出しに戻れば良いんだから」

その夜、口開けにやって来た辰浪康平《たつなみこうへい》は、生ビールのジョッキを傾けてグビリと飲むと、いともあっさり言ってのけた。近所の酒屋の若主人で、夜のご常連の一人だ。自分が飲みたいという理由で、全国から仕入れた銘酒を格安ではじめ食堂に卸してくれる。お陰でありふれた食堂兼居酒屋とは思えないほど、日本酒のラインナップは充実していた。

「それはそうなんだけどねえ」

浮かない顔で一子が答えた。二三と万里の勧めで、最近は店が立て込んでいない時間はカウンターの横の椅子に腰掛けて、休息をとるようにしている。

今日のお通しはオクラとクリームチーズの土佐醤油和《あ》え。お勧めは空心菜の炒め物、季節野菜のラタトゥイユ、タコとキュウリのキムチ風、茄子・ピーマン・鶏肉《とりにく》の味噌炒め。

「お勧め、全部ちょうだい。茄子・ピーマン・鶏肉の味噌炒めは最後で。シメにご飯と食べるから」

「まいど」

ラタトゥイユは作り置きだが、他はその場で作る。

空心菜は最近は日本のスーパーでも手に入る、夏が旬《しゅん》の野菜だ。文字通り、茎の中心は空洞になっているので、火の通りが早い。ゴマ油で炒め、鶏ガラスープで味を付け、ニンニクを少し香らせる。これは中華風だが、オイスターソースとナンプラーを使えばタイ風になる。

「これ、炒めた汁が美味いんだ。ご飯に掛けてもすすむよ」

万里が湯気の立つ皿をカウンターに置くと、康平は早速一口汁を啜った。

「ホントだ。いける。これは日本酒だな」

舌鼓を打ち、自分が卸した鍋島《なべしま》純米吟醸を注文した。

タコとキュウリのキムチ風は、文字通りキュウリと茹《ゆ》でダコをキムチ風のソースで和えたものだが、具材にウズラの卵の水煮を加えている。卵の甘味で辛さが和らぎ、味に厚みが出るのだ。

「それ、スーパーに置いてあった無料レシピ集に載ってたの。簡単だし、ちょっと変ってるから、良いと思って」

「まさにはじめ食堂の真骨頂じゃん。早い、美味い、安い。良いと思ったら即取り入れる」

康平はチラリと万里を見て、視線を二三に戻した。

「だから、テイクアウトもワンコインも、やってみなよ。やってみなけりゃ分んないって」

「テイクアウトは賛成なのよ。でもワンコインは、かえって裏目に出るような気がして……」

康平は冷酒のグラスをカウンターに置き、二三と一子を交互に見つめた。

「おばちゃんたち、何弱気になってんの？　今までこの店が乗り越えてきた波瀾万丈《はらんばんじょう》を思い出してみなよ。ワンコインなんか失敗したとこで、屁《へ》でもないでしょうが」

二三も一子もハッとして、思わず顔を見合わせた。

「ホントだわ」

「……そうよねえ」

一子の夫と息子は、何の因果か父子共に突然死だった。その度に、もう閉店かという瀬戸際に追い詰められた。それでも家族が協力して困難を乗り越え、今日までやって来たのではなかったか。

「それに、お姑さんが階段から落ちたときだって」

「そうそう。万里君がピンチヒッターで来てくれて、それが今に続いているのよねえ」

一子は万里に微笑《ほほえ》みかけた。

「あれはまさに、災い転じて福と成すだったわ」

「そこまで言われると、照れるなあ」

万里は顔ではヘラヘラ笑っているが、内心ジーンときているのが分った。

「そうよね。考えてみれば、万里君はうちの福の神みたいなもんだわ。ここは一発、神の教えに従って、勝負に出るのが正解かも知れない」

二三もたちまち心強くなった。

これまでのことを考えれば、小さな変化を恐れることはない。

「万里もいっぱし、考えるようになったか」

三十分ほど後にやって来た山手政夫《やまてまさお》は、話を聞くと感心したような顔になった。

「俺はどっちも賛成だな。持ち帰りも、一皿料理も、待たなくて良いし」

山手の連れの後藤輝明《ごとうてるあき》が頷いた。食べ物に好き嫌いはないが、待たされるのはいやという信条の持ち主だ。

「持ち帰り始めたら、昼、寄らせてもらいますよ。どうせおにぎり買うなら、コンビニよりこの店の方が良い」

後藤は妻に先立たれた元警察官の独居老人で、はじめ食堂で夕飯を食べる以外、ほとんど毎日カップ麺とコンビニ弁当らしい。

「後藤さんも、お昼食べに来れば良いのに」

康平が言うと、後藤は首を振った。

「昼はいつも混んでるから。待つのはいやだし、相席も苦手で」

「一時過ぎれば空《す》きますよ。三原さんも野田さんもメイちゃんたちも、みんなその頃《ころ》見えるんです」

一子が勧めてみたが、後藤は苦笑いするだけだった。実は非常な出不精で、山手があちこち連れ出さなければ、引きこもりになっていたかも知れない。

「おう、万里、今日の卵はなんだい？」

「久しぶりにコンビーフで、どう？」

「アメリカンだな。やってくれ」

山手は魚政《うおまさ》の大旦那なのだが、実は一番好きなものは卵なのだ。はじめ食堂は親の代からの常連だった。

万里が康平のシメの炒め物に取りかかろうとしたとき、菊川瑠美《きくかわるみ》が現れた。

「こんばんは」

「いらっしゃい」

「先生、鶏肉と茄子とピーマンの味噌炒め、召し上がりますか？」

瑠美が席に着くと、万里がカウンター越しに声をかけた。

「食べる、食べる。それと、取り敢えず生ビールと、お勧めを適当に」

「空心菜炒めとタコとキュウリのキムチ風なんて如何《いかが》ですか？」

「あら、季節のお野菜ね。嬉しいわ」

瑠美は近所の高級マンションに住む人気の料理研究家である。主宰する料理教室は一年待ち、雑誌に料理のコラムを何本も持っている。皮肉なことに、あまりの忙しさに自分の食事を作る暇もない。はじめ食堂で食べる〝普通の家庭料理〟は、今や瑠美の心のオアシスとなっていた。

「ええと……」

出来立ての味噌炒めの皿を前に、生ビールのジョッキを干した瑠美は、チラリと康平の方を見た。この料理に合う日本酒は何か、メニューを眺めるより酒屋の若主人に訊いた方が早い。

「先生、鍋島が良いですよ。揚げ物からエスニックまで相性抜群です。空心菜にもキムチ風にも合いますよ」

「じゃ、それ。冷酒で」

鶏肉と茄子・ピーマンを炒め、味噌・豆板醬《トウバンジャン》・中華スープの素で味付けした炒め物は、一年中作れるが、やはり茄子とピーマンの旬である夏が一番美味しい。ピリ辛の味付けも食をそそる。

康平は味噌炒めをご飯に載せて口へ運んだ。

「これ、丼でもいけそう」

うっとり目を細めるのを見て、万里はふと閃いたようだ。

「ねえ、先生、これ、茹でたうどんに掛けたらダメっすか？」

味噌炒めを肴《さかな》に鍋島を味わっていた瑠美が顔を上げた。

「良いと思うわ。お蕎麦やうどんって、ご飯の親戚みたいなもんだから、ご飯に合うおかずなら結構みんな合うと思うわ。現にカレーうどんも麻婆《マーボー》うどんもあるし」

そして、パチンと指を鳴らした。

「ほら、お宅の冷や汁。ご飯バージョンと素麵バージョンがあるじゃない」

「なるほど」

一同、感心して声を漏らした。言われてみればその通りだった。

「そう言えば、コロッケ蕎麦もあるわね」

「灯台もと暗し、天ぷら蕎麦！」

二三と一子も声を弾ませた。

雲が風に流れ、お日様の光が差し込んだような気分だった。


「ま、お母さんもお祖母《ばあ》ちゃんも、結局は単細胞なんだよね」

その夜遅く帰ってきた要《かなめ》は、缶ビール片手にあっさり決めつけた。

はじめ食堂では、これから万里も交えて夕食となる。とは言え、まともに食べるのは要と万里だけで、二三と一子はランチで腹一杯になっているので、夜は軽くつまむ程度だ。

「何十年も商売やってんのに、今更周りの意見に惑わされなくても良いと思うけど」

「あのね、お母さんとお祖母ちゃんは単細胞じゃなくて、柔軟性に富んだ精神の持ち主なの。だから良い意見は取り入れる、良くない点は改める。これがはじめ食堂が半世紀以上続いてきた秘訣《ひけつ》です」

しかし、娘は母の意見なんぞ聞いていない。

「万里、この空心菜炒め、美味いね。今度豆苗《とうみょう》炒めもやってよ。私、あれ好きなんだ」

たちまち缶ビールを空にして、二本目を開けた。万里は要の皿に味噌炒めを取り分けて遣《や》っている。

「そう言えば要、お前の担当って、足利省吾《あしかがしょうご》以外誰？」

要は今年、実用書から文芸書の担当に異動した。いきなり大物作家の担当を任され、当初は泣きっ面だったが、足利の気さくで公明正大な人柄を知り、以来毎日楽しそうだった。

「反町広樹《そりまちひろき》、浜田甚平《はまだじんぺい》、八潮颯太《やしおそうた》、多田《ただ》みどり、星岡美鶴《ほしおかみつる》」

「知らない名前ばっか」

「勉強不足だね、作家志望だったくせに。八潮颯太は犯罪心理小説で、今や売れっ子よ」

要の勤める小さな出版社では、超の付く売れっ子作家に書いてもらう機会は滅多にない。例外は足利省吾くらいで、他は中堅や新人がほとんどだ。しかし、地道に書き続けるうちに大きく飛躍する作家もいる。現在、その最右翼と目されているのが八潮颯太だった。

「今度の作品は、逃亡犯が主人公でね、学生運動の行きがかりでビル爆破事件に連座して指名手配されるんだけど、ズーッと逃げ続けるの」

「『逃亡者』みたいな話？」

「全然ちゃう。あれは無実でしょ。これは犯罪者。それに、何十年も逃げるわけ。二十代が五十代になるわけよ」

「なんか、暗そーな話」

「そこが良いんじゃない。孤独と絶望は小説のエッセンスよ」

不意に要は二三と一子に向き直った。

「ねえ、四和《よつわ》ビル爆破事件って、覚えてる?」

「昔、テレビで観た」

「犯人グループ、女もいたのよね」

「全員逮捕されたんでしょ?」

一子の問いに、要は得意そうな顔で首を振った。

「それが、一人だけ捕まらない奴《やつ》がいたのよ。現在も逃亡中。それが主人公のモデルだって」

「あれ、もう三十年以上前でしょ?」

「そ。だから犯人が生きてれば、もう六十近いわけ」

要以外の三人は、何とも言えない気持ちになった。

「人生の半分以上を逃亡生活なんて……」

「六十って言えば、孫がいてもいい年なのにねえ」

「俺、これから三十年も逃げ回るんなら、自首する」

要も大きな溜息を吐いた。

「私も資料探してあれこれ勉強して、ホント、暗い気持ちよ。あの人の人生って、なんだったのかと思っちゃう」

はじめ食堂の長い一日も、そろそろ終りに近づいていた。

「冷しゃぶうどん、単品で四つね」

「はい、ありがとうございます」

常連のOL四人連れは、席に座るや躊躇《ちゅうちょ》せずに注文した。本日の冷たい日替わり麺は単品が五百円、セットで七百円。単品オーダーを始めて一週間経《た》っているので、お客さんも馴《な》れたものだ。

はじめ食堂の三人は話し合った末、当分の間、持ち帰りメニューは日替わりおにぎり二個入りパック、ワンコインメニューは本日の冷たい麺に限定して様子を見ることにした。

持ち帰りは成功で、それまで店に顔を出したことのない人でも、フラリと立ち寄って買ってくれた。中には同僚に頼まれて複数買ってゆく人もいたし、ランチのお客さんが夜食用に買ってくれることもあった。新しいお客さんの開拓に繋《つな》がったのである。

ワンコインメニューも、連れ立って来店するお客さんは、ほとんどがセットか単品かで揃えてくれるので、食べ終ったお客さんがいつまでもテーブルに居座っていることもなく、回転率はわずかだが上がった。

「あら、後藤さん。いらっしゃい」

その日は、普段ランチに顔を出したことのない後藤がやって来た。

「おにぎり一つ」

「ありがとうございます」

後藤は百円玉と五十円玉を置き、レジ袋を受け取った。

「おにぎり、日替わりなんですね」

台の正面に「日替わり」と書いた紙が垂らしてある。今日はゴマ・ジャコ・大葉の混ぜご飯と、佃煮《つくだに》昆布の海苔《のり》結びだ。

「明日は、何？」

「ゆかりと、焼きタラコのセットです。よろしかったら、またどうぞ」

「うん。じゃ、また」

後藤と入れ違いに、新顔の客が入ってきた。小太りの初老の男で、両頬《りょうほお》が少し垂れ下がり気味なのが、迫力のないブルドッグを連想させた。入り口に立って、探るように店内を見回している。

「お一人様ですか？」

「ん？　ああ」

「畏《おそ》れ入《い》ります。ご相席お願いできますか？」

男は黙って頷いて、示された席に座った。

「冷しゃぶうどん。単品で」

麦茶とおしぼりが出る前に注文し、ズボンのポケットからスマホを取り出して操作を始めた。

最近は、老いも若きもみんなスマホなのね。

二三はちょっぴり感心してしまった。

男は冷しゃぶうどんが運ばれると、見事なスピードで完食し、立ち上がった。店に入ってから勘定を払って出ていくまで、五、六分しかかかっていない。

すごいわあ。単品のお客さんがみんなあのくらいのスピードで食べてくれたら、一時までに何回転するかしら。

二三は再び感心した。

ブルドッグが帰って五分ほどすると、また新しい客が現れた。痩《や》せ型《がた》で目に迫力のある五十くらいの男で、先ほどの客がブルドッグ似だったせいか、二三は今度はシェパードを思い出した。

男は鋭い目で店内を一瞥《いちべつ》すると、おにぎりパックを一つ取ってレジに向った。

「ありがとうございました」

その客もスピード感抜群で、店の滞在時間は三十秒を切るほどだった。

一時を過ぎて客が一斉に帰った頃、三原と梓がやって来た。

「テイクアウトとワンコイン、一週間経って、どんな感じ？」

煮魚定食を注文した梓が訊いた。

「これまでのところ、まずまずね。新顔のお客さんが出来たし、回転率も少しアップした感じ」

「へえ。良かったじゃない」

「勝負はこれからよ。上手《うま》く定着してくれるか、途中で飽きられて行き詰まるか」

「でも、まずは成功で安心しました。僕もパスタランチに賛成した手前、上手く行かないと責任感じます」

焼き魚定食を注文した三原が言った。

ちなみに今日の日替わりのもう一品はチキン南蛮。焼き魚は鮭《さけ》の塩麹《しおこうじ》漬《づ》け、煮魚はサバの味噌煮。小鉢はシラスおろしと煮玉子、味噌汁は冬瓜《とうがん》と茗荷《みょうが》、漬け物は茄子とキュウリの糠漬《ぬかづ》けだった。

「俺は結構自信あったたな」

ぬけぬけとうそぶいたのは万里だが、素直な喜びが溢《あふ》れているせいか、鼻高発言にもイヤミがない。

「コンビニのおにぎりや弁当、すごい売れてるし。今はどの店もカップ麺喰えるようにポット置いてあるし。持ち帰りとか、ササッと喰いたい需要って、いっぱいあると思った」

「読みはズバリ当たったわね。お見事だわ」

一子に褒められて、万里はますます嬉しそうだ。知らない人が見たらにやけていると思うだろう。

「康平さんにも感謝しないと。あの一言で、私もお姑さんも、目が覚めたもん」

一子はチラリと微笑んだ。乗り越えてきた苦労は、人生のスパイスかも知れない。辛《つら》さも苦さも味を壊さずに引き立ててくれる。

「一人でも多く、新しいお客さんが定着してくれると良いですね」

三原の言葉を受けて、割箸を割った梓がふと気が付いたように尋ねた。

「そう言えば、はじめ食堂としては、お客さんがどうなると一番都合が良いの？　持ち帰りの人が店で食べるようになるとか、単品の人がセット頼むとか？」

「まあ、うちとしては、持ち帰りは持ち帰り、単品は単品で、そのまま定着してくれることかな。あと、ランチのお客さんがテイクアウト買ってくれるようになるとか」

「正直、これ以上ランチタイムの回転率上げるのは、無理だと思うのよ。今だってかなり慌ただしいから」

一子が後を引き取った。

「単品のお客さんと定食のお客さんの割合の問題ですね。三対七くらいが良いのかなあ……」

三原は思案顔で味噌汁を啜った。

「そうか。難しいね」

梓はサバの味噌煮を口に運んで頬を緩めた。脂の乗ったサバの切り身は、味噌煮にすると塩焼きや酢締めとは違った味わいになる。味噌と酒と砂糖しか使っていないのに、これほど濃厚な旨味《うまみ》が出るのは、ひとえに魚の力だ。

「こんな美味しい物出してる店が、新しいことにチャレンジしないとダメなんて、世の中厳しいね」

「ありがとう、三原さん、野田ちゃん。これからもご贔屓にね」

「もちろんです。僕も野田さんも、はじめ食堂がなかったら、即ランチ難民ですよ」

ご飯を頬張った梓も、何度も頷いて同意を表した。

二人が引き上げると、入れ替わりにやって来るのがメイ・モニカ・ジョリーンの三人組だ。

「昼のお客さんを夜に引っ張るわけにはいかないの?」

味噌汁を配りながらメイが訊いた。賄いをおまけする代りに、二三たちの分も給仕してくれる。

「無理、無理。ぜってー、無理」

揚げたてのチキン南蛮を皿に盛って、万里が答えた。

「普通、ランチの客は夜は来ないんだよ」

「あら、どうして？　はじめ食堂は夜も安くて美味しいのに」

「メイちゃん、テイクアウトのおにぎり、おまけしてあげる」

二三が茶々を入れたが、メイは真剣な顔で首を傾《かし》げた。

「でもおばちゃん、どうして？　私、この店がうちの徒歩圏内だったら、絶対に昼も夜も行くわよ」

二三は一子と目を見交わして微笑んだ。何年仕事を続けてきても、素直な賛辞を言われて嬉しくないわけがない。

「俺も良く分んないけどさ、昼喰った店で飲みたくないんじゃない」

「そうかなあ。美味しくて感じが良くてリーズナブルなら、私は気にしないわ」

サラダをテーブルに運んでいたジョリーンが、台の上に残ったおにぎりのパックの前で立ち止まった。五個残っている。

「おばちゃん、これ、あたしたち買うわ」

テイクアウトを始めてから、三人組は店に来る度に、売れ残りのおにぎりを全部買ってくれるのだ。

「あら、良いわよ。そんな無理しなくても」

「無理なんかしてないわよ。あたしたち舞台の前に軽く食べるの。ここのおにぎり、コンビニより安いし、美味しいから」

「余った分は仲間内で完売よ。みんな、すごく喜んでるわ」

モニカが言い添えた。

「ありがとう。嬉しいわ。でも、無理はしないでね。辛くなるから」

「分ってるって」

三人とも若いが、ニューハーフとして人生の裏街道を歩く身で、その分人より苦労も多い。だからこそ、二三と一子のおばちゃん二人組と話が合うのだろう。

「そう言えば弁当販売って、許可取るの大変なんじゃない？ 食品添加物やアレルギー物質の表示とか、すごいうるさいんでしょ？」

「あら、モニカ、詳しいわね」

「知り合いが、弁当工場でパートやってんの」

「うちはお店だから、弁当製造業とは基準が違うのね。対面販売の場合は口頭で説明できるってことで、表示はなくてもＯＫなの。それにお弁当と言うより、あくまでも〝お持ち帰り〟だから」

「へえ、そうなんだ」

これが店舗を持たない移動販売の場合は基準が厳しくなり、製造業は更に厳格になる。

こうして新しいチャレンジを肴に、はじめ食堂の賄いタイムはにぎやかに過ぎていった。

「結局、一番儲《もう》かる食べ物商売ってなんだろう？」

その夜、生ビールから日本酒に切り替えた康平が、誰に訊くともなく口にした。

開店から一時間以上過ぎて、カウンターにはご常連の山手と後藤も座っている。

「そりゃあ、高い店じゃねえか。高級料亭とかよ」

山手がジョッキを挙げて言った。鼻の下にはチョビ髭《ひげ》のように白い泡がくっついている。

「ミシュランで星が付くと、客が押しかけるんだろ？」

後藤は早くもジョッキを干した。

日《ひ》の出湯《でゆ》の帰りに寄ったので、二人とも顔がテカテカだ。湯上がりの一杯は堪《こた》えられないと、顔に書いてある。

「万里、今日の卵はなんだ？」

「トマトのオムレツなんてどう？　バター使うとフランス風。ゴマ油と醤油使うと中華になるよ」

「じゃあ一つ、パリのマダム風で頼むわ」

万里がオムレツの準備に取りかかる間に、二三は二人の前にお通しと中華風冷《ひ》や奴《やっこ》、ポテトサラダの皿を並べた。

「今日のお勧めは？」

「ズッキーニの塩昆布炒め、茄子の挟み揚げ、夏野菜の冷製ジュレ掛け」

「ジュ……？　なんだ、それ？」

後藤が眉《まゆ》をひそめると、万里がぐいと親指を立てた。

「食べれば分る。本日の自信作」

「じゃ、それ全部」

そこへ、菊川瑠美が入ってきた。

「こんばんは。皆さんお揃いで」

馴れた物腰でカウンターに座った瑠美は、出てきたお通しを見て眉を上げた。

「あら、珍しい」

「カボチャのビシソワーズです。ちょっと気取ってみました」

二三が幾分恥ずかしげに言うと、瑠美は一口飲んで目を丸くした。

「まあ、美味しい！」

「簡単なんですけどね」

「そこが良いんじゃない。余計な物が入ってない味だわ。カボチャと牛乳とバターと……コンソメスープの素？」

「さすが、ご明察」

瑠美も生ビールを注文し、例によってお勧め料理は全《すべ》て頼んだ。「ズッキーニは先生のレシピ本で作ったんです」

「私、それ以来一度も作ってないのよ。ウフフ」

康平が日本酒のグラスを挙げて見せた。

「先生、茄子の挟み揚げには宝剣《ほうけん》がお勧めです。切れ味鋭く油を切るから、揚げ物に合いますよ」

瑠美はOKサインを出し、生ビールのジョッキをグッとあおった。

「先生、一番儲かる飲食業は何かって話なんすけど……」

手際良くトマトのオムレツを仕上げた万里が言った。

「やっぱ、高級店ですかねえ。ミシュラン三つ星とか」

「……そうねえ」

スープを最後の一滴まで飲み干した瑠美が、思案顔で答えた。

「でも、高級なお店って、経費も大きいのよ。一番は家賃だと思うけど、他にも人件費とか、仕入れ代とか」

「一等地は家賃も高いだろうからねえ」

一子の言葉にはしみじみとした感慨が籠《こ》もっている。はじめ食堂が内容の割にリーズナブルな価格を維持できるのは、自宅営業で家賃が掛からないからだ。

「そうよねえ。経費が全部値段に跳ね返ってくるんだもの」

二三は大東《だいとう》デパートのバイヤー時代、接待で利用した有名レストランや高級料亭を思い浮かべた。庭のある数寄屋《すきや》造りの料亭、有名ビルや一流ホテルの中にあった高級料理店などは、例外なく高かった。会社の経費が使えるので利用したが、自分の財布で払うなら絶対に行かないだろう。

「先生、これ、今日の一押しっす」

万里がカウンターに置いたのはガラスの皿で、盛り付けてあるのは夏野菜の冷製ジュレ掛け。カボチャ、冬瓜、茄子、茗荷、プチトマトを出汁で煮て冷やし、ゼラチンで固めて砕いた煮汁を具材にまとわせた一品だ。洒落た割烹《かっぽう》などでよく出てくる。万里は張り切って山葵《わさび》を添えた生ウニをトッピングした。

「まあ、すごい。まさに料亭ね」

瑠美はご祝儀代りにお世辞を弾んで、宝剣を注文した。

「こういう物をいただくと、日本に住んでる幸せを感じるわ」

「美味い」

「高級な味だ」

山手も後藤も瑠美に倣って冷製野菜をつまみ、舌鼓を打った。

「トマトって、和食に合うのよね」

トマトの旨味成分にはグルタミン酸がある。昆布もグルタミン酸だから、相性は悪くない。そこで様々な日本料理にトマトが使われるようになり、トマトおでんやトマトラーメンはもう珍しくない。

「私、一番儲かる食べ物屋って、ラーメン屋だと思う」

突然閃いて、二三は口走った。

「だって、メニューが少ないから、仕入れの種類も少なくてすむでしょ。麺とスープの他はトッピングだけだもん。それに、スープが終り次第閉店なら、在庫抱えなくて良いわけだし、食器だって丼だけだし。おまけに、食べるのに時間かからないから店の回転率も良いわよ」

「そう言えば、屋台から始めてチェーン展開したラーメン屋はあるけど、屋台から始めてビル建てたフランス料理屋はないよなあ」

康平が記憶をたぐるような目をして感想を漏らした。酒の配達で沢山の飲食店に出入りしているので、情報量は多いのだ。

「う〜ん」

それぞれが見知っている〝行列の出来るラーメン屋〟を思い浮かべて納得しかけたとき、一子が異議を唱えた。

「そんなことないわ。うちの実家は木挽町《こびきちょう》のラーメン屋で、そこそこ流行《はや》ってたけど、ビルなんか建つもんですか」

「そりゃ時代が違うわよ、お姑さん。ラーメンブームの前と後じゃ」

「そういや、昔は行列の出来るラーメン屋は見かけなかったなあ」

山手が思い出す顔になった。

「そうねえ。終戦直後の食糧難の時代が過ぎると、食べ物屋の前で行列って、なかったわねえ」

一子も記憶をたぐり寄せた。

「うちも出前はよく行ったけど、行列はなかったし」

ラーメン屋の前で行列が始まったのは果たしていつからか……。その夜のはじめ食堂は、そんなどうでも良い話題で盛り上がり、更けていったのだった。

「焼きそば、単品」

「私も」

「はい。焼きそば単品二つ！」

注文を通す二三の声は弾んでいる。冷たい蕎麦ではないのでちょっと冒険だったが、単品オーダーがどんどん入る。万里の勧めで持ち帰りパックも用意したが、これも良く売れた。おにぎりとセットで買っていくお客さんもいる。

ごく普通のソース焼きそばで、具材の豚コマとキャベツとモヤシをたっぷり使う以外、特別なことは何もしていない。それでもソース焼きそばには男心を誘う何かがあるのか、男性客の人気が高かった。

今や毎日のようにランチに現れる〝迫力不足のブルドッグ〟似の男性も、焼きそばを注文した。

「あの、紅ショウガ多めでお願いします」

遠慮がちに付け加えるのが、何とも微笑ましい。

焼きそばの皿が運ばれると、ブルドッグは瞬く間に平らげた。猛スピードはいつものことだが、今日は更に拍車が掛かっている。

ブルドッグはレジの前に立ち、財布から小銭を取り出しながら尋ねた。

「お宅、夜は居酒屋さんになるんですか？」

「はい。一度是非、お立ち寄りください」

「酒、飲めないんですよ」

いくらか恥ずかしそうな口調だった。この世代の男性たちは、下戸というと何かと不自由することが多い。

「かまいませんよ。うちは夜も昼の延長でやってますから、お食事だけのお客様も大歓迎です」

男は壁に掛けてある夜のメニューに目を走らせた。

「あのう、夜も焼きそばありますか？」

「はい。ご注文があれば、いつでもお作りしますよ」

お好きなんですか、と訊くまでもなかった。男は何とも嬉しそうな笑顔で言った。

「それじゃ、今度寄らせてもらいます」

男が帰ってほどなく、今度は例の〝シェパード〟似の客が入ってきた。持ち帰りコーナーの焼きそばを見て、一瞬迷いを見せたが、五秒もしないでおにぎりと焼きそばを両方手に取った。

「四百五十円いただきます」

財布から小銭を取り出すシェパードは、どことなく恥ずかしそうだった。焼きそばに惹《ひ》かれて衝動買いしてしまったことを、恥じているのだろうか？

焼きそばの前では中高年の男が子供っぽく見えることに、二三は初めて気が付いた。

「まさか、こんなに出るとは思わなかった」

「意外だねえ。何の変哲もない焼きそばなのに」

一時を過ぎて客の波が一斉に引くと、二三と一子はどちらからともなく本音を漏らした。

万里は皿を洗いながら、得意そうに胸を反らした。

「ぜ～んぜん。そんなこと言ったら、はじめ食堂の料理はぜ～んぶ何の変哲もないもんばっかじゃない」

「そりゃそうだ」

二三と一子が声を揃えたとき、三原と梓が続いて入ってきた。

「ほう、ソース焼きそばですか？」

三原も本日の単品メニューを見て、キラリと目を輝かせた。

「どうぞ、味見してください」

三原の夕飯はほとんど麺類らしいので、二三は気を利かせたが、三原は敢えて首を振った。

「いや、テイクアウトをいただいて帰ります。今日の夕飯に」

「ソース焼きそば、人気ありますねえ。まさかこんなに売れるとは思いませんでした」

「不思議なもんで、見ると食べたくなる」

三原は苦笑した。

「男の人ってソースとケチャップ、好きよねえ。焼きそばとナポリタン、嫌いな人少ないもん」

梓が不思議そうに漏らした。

「あたしはどっちもあんまりだわ。まあ、これまでそんなに美味しいのを食べたことがないからかも知れないけど」

「いやあ、多分、味の問題じゃないでしょうね。子供の頃縁日で食べた焼きそばなんて、大して美味くなくても、美味く感じられたから」

三原の言う通りだと、二三は思った。思い出というソースが掛かると、不味《まず》い食べ物も美味しい記憶に取って代られる。美味しい物が豊富に出回る現代にあっても、焼きそばとスパゲティナポリタンが不動の人気を誇るのは、嬉しさや楽しさの記憶と結びついているからだろう。


暖簾《のれん》を出して立て看板のコンセントを入れ、はじめ食堂の夜営業が始まった。

と、いの一番にやって来たのは康平ではなく、昼間のブルドッグだった。

「あら、いらっしゃい！」

我知らず二三の声は半オクターブ高くなった。まさか本当に来るとは思っていなかった。

「どうぞ、どちらでもお好きなお席へ」

ブルドッグは店内を見回してから、隅のテーブルに腰を下ろした。二三はおしぼりとお通しをテーブルに運んだ。

「あの、焼きそばとウーロン茶を」

愛想の良い笑顔で「はい。少々お待ちください」と答えて立ち去ろうとすると、ブルドックが引き留めた。

「あのう、値段、昼と違いますか？」

「いえ。同じです。ただ、お通し代を三百円いただいているんですが、よろしいでしょうか？」

「ああ、大丈夫です」

万里が焼きそばを作っている最中に、康平が入ってきた。

「今日は焼きそばの日？」

「うん。康平さんも良かったら、シメにどう？」

「う〜ん、どうするかな……」

シメの注文は後回しにして、康平はまず生ビールで喉を潤し、キャベツのペペロンチーノと夏野菜の冷製ジュレ掛け、カジキマグロの三色揚げを注文した。

カジキマグロの三色揚げは、日替わりランチで出した一品で、カジキマグロにチーズ、梅干しペーストと大葉を挟み、あと一種類はカレー粉をまぶして衣を付け、フライにする。こうすると冷凍物の安いカジキマグロでも美味しくなるし、一人三個付けなのでボリュームも満点だ。

ブルドッグはウーロン茶を飲みながらお通しの胡麻豆腐《ごま》（これはスーパーで格安で売っていた）をつまんでいたが、焼きそばが来るともりもり食べ始めた。昼間よりはスピードダウンしているが、それでも康平が生ビールから鍋島の冷酒に切り替えたときには、すでに皿を空にしていた。

「ごちそうさまでした」

男の顔には美味しいものを食べたあとの、満足そうな表情が浮かんでいたので、二三もつい言ってしまった。

「焼きそば、お好きなんですね」

「子供の頃、神社の縁日になると焼きそばの屋台が出て、滅法美味かったんです。それ以来病みつきで……」

苦笑いする男につられて、二三も微笑んだ。

「ありがとうございました。どうぞ、またお越し下さい。お待ちしてます」
二三、一子、万里の三人は、男の背中に頭を下げた。
「ご新規さん?」

康平がカウンターから振り返った。

「そうなの。ランチの単品始めてから。焼きそばが大好物なんですって。でも、まさか夜も来てくれるとは思わなかったわ」

「すごいな、万里。お前が呼んだんじゃん」

「まあね」

万里は軽く言ってカジキマグロを熱い油に泳がせた。最初のジュッとはぜる音に続いて、一定のリズムでパチパチと油が鳴る。魚の水分が抜けて、蒸発する音だ。油を泳ぐうちにカジキマグロの身は香ばしさをまとい、旨味を引き出されて行く。

「はい、お待ち」

皿に盛った千切りキャベツに寄りかかるようにして、三つの味のフライが鎮座している。

康平はうっとりと目を細め、鼻の穴を広げて香りを嗅《か》いだ。

「美味そうだな。これ、やっぱりソース？」

「でも良いけど、梅と大葉はそのままの方が良いかもしんない」

「わーった」

康平がフライに箸を伸ばしたとき、店の戸が開いた。ご常連の山手と後藤の二人組かと思いきや、昼間の〝シェパード〟ではないか。

「いらっしゃいませ」

ブルドッグに続いてシェパードまで来てくれたので、二三も一子も万里も、意外さに目を丸くした。

「あの、焼きそば下さい。それと、ウーロン茶」

シェパードも隅のテーブルに腰を下ろした。

「夜はお通し代で三百円いただいてるんですが、よろしいですか？」

二三がおしぼりを出して訊くと、シェパードはあっさり承知した。

康平がカウンターの奥に「あの人も？」と目顔で尋ね、一子は黙って頷いた。

「万里、お手柄じゃん」

「へへへ」

万里は早速焼きそばに取りかかり、小気味よい音を響かせながらフライパンを振るっている。

「ただいまあ」

珍しいことが三度も続いた。いつもは九時過ぎまで帰らない要が、六時ジャストに帰ってきた。

「どうしたのよ、こんなに早く」

「取材先から直帰したの。たまには早く帰らないとね」

そう言いながらもカウンターに目を走らせ、康平の注文した料理を素早くチェックした。

「三色揚げ、久しぶりね。私、これと焼きそば」

「あんたねえ、お客じゃないんだから、偉そーに言わないの。たまに早く帰ってきたんだから、手伝いなさい」

「やだ。疲れてんだもん」

「じゃ、二階へ行ってなさい。じゃま」

「な～んだ。せっかく店に花を添えてやろうと思ったのに」

言うなり、要はちゃっかり席に着いた。

「お前のどこが花なんだよ」

焼きそばの皿を手にカウンターから出てきた万里が、憎まれ口を利いてシェパードのテーブルに近づいた。

「お待たせしました」

要は振り返り、万里の背中にアカンベーをしようとしたが、一瞬で真顔に戻り、素早くカウンターに向き直った。心なしか顔が青ざめている。

二三が「どうしたの？」と訊く間もなく、要はそそくさと席を立ち、二階へ上がってしまった。

そして、シェパードが帰る頃を見計らったように二階から降りてきて、二三をカウンターの中に引っ張っていった。

「お母さん、さっきの焼きそばのお客さん、良く来るの？」

真剣な顔で声は極力低めている。ただならぬ様子に、二三は質問を差し挟まず経緯を説明した。

「……そうだったの」

要の顔はいよいよ深刻になった。

「で、あのお客さんが何か？」

要は周囲を見回した。カウンターの客は常連の康平と山手、後藤の三人だけだった。

「この前話したでしょ、四和ビル爆破事件の逃亡犯。あの人、そっくりなのよ」

一同はハッと息を呑《の》んだ。

「だけど、三十年も経ってるんだろ？　若い頃と相当顔が変ってると思うけど」

「間違いない。あの顔のまんま、三十年老けたって顔だもん」

要は二階にとって返し、分厚いファイルを持ってきた。

「これ、事件の資料よ」

ファイルを開くと、顔写真の載った新聞記事のコピーがあった。その顔に、一同の目は吸い寄せられた。

「牧瀬《まきせ》弘典《ひろのり》。二十五歳」

シャープで精悍《せいかん》な風貌《ふうぼう》だった。切れ長の目に迫力があり、優秀なシェパードを思わせた。そう、まさにランチのシェパードだった。この顔で三十年年を取ったら、あの顔になるに違いない。

「どうしよう？」

一同は思わず後藤を見た。元警察官である。こんな時、一番頼りになる存在だ。

「まずはいつも通り、何もなかったように振る舞うことだ。俺は、公安関係に連絡してみる」

要は不安そうに二三と一子の顔を窺《うかが》った。明日もランチにあのシェパードが現れたら、母と祖母に危害が及ぶかも知れないのだ。

「大丈夫だよ。心配いらない」

一子は落ち着いた様子で微笑を浮かべた。

「昔のことは知らないけど、うちでは大人しいお客さんだし、まさかこんな古ぼけた店に爆弾仕掛けることもないだろう」

「その通り」

二三も明るく請け合った。しかし、指名手配犯らしき男が店に出没するかと思うと、心の片隅では不安を拭《ぬぐ》えなかった。

翌日のランチタイム、二三と万里は緊張感でいっぱいだった。今日もあのシェパードが現れたら、どうしよう？

「二人とも、そんな怖い顔しないの。まだあの人が犯人と決まったわけじゃないんだから」

一子は苦笑を浮かべてやんわりたしなめた。

「そ、そうよね」

「それにあの人、ランチはテイクアウト専門だから長居しないし」

二三と万里は無理に自分に言い聞かせたが、それでも胸の動悸《どうき》は高鳴る一方だった。

そうこうしているうちにランチのお客で店は立て込んできた。

本日の単品メニューはネバネバ系のぶっかけうどん。とろろ・碾《ひ》き割《わ》り納豆・めかぶ・ナメコに温泉卵と揚げ玉がトッピングしてある。店のあちこちで、麺を啜る威勢の良い音が響いた。

と、意外な三人連れが店に現れた。夜の常連、康平・山手・後藤である。

三人はテーブルにつくと声を揃えた。

「海老フライ定食三つ」

二三はカウンターの中を振り向いた。一子と万里が二三の目を見返し、力強く頷いた。

そうなのだ。三人はいざという時のために、ボディガードに来てくれたのだ。しかも、多少長居しても迷惑が掛からないように、一番高い海老フライ定食を注文して。

二三は胸が熱くなった。

お客さんがこんなに心配してくれてるのに、ビクビクしてる場合じゃないわ。しっかりしなきゃ。いざという時は、私がお客様を守るのよ！

「うどん、単品で」

いつもの時間にやってきたブルドッグも、いつものように単品メニューを注文した。そしてあっという間に啜り終えると、勘定を払うときに小声で尋ねた。

「あの、今日の夜も焼きそば、ありますか？」

二三は自然と笑顔になった。

「はい。いつでもやっております」

ブルドッグは何も言わずに出ていったが、二三は多分、今夜も来てくれるだろうと確信していた。

そして、遂にあのシェパードが現れた。いつものように持ち帰り用のおにぎりを一パック手に取り、レジに持ってきた。

二三は一瞬顔が強張《こわば》ったが、何とか普段通りの声を出すことが出来た。

「ありがとうございます。百五十円いただきます」

シェパードは何も言わずに出ていった。

二三も、テーブルの康平たち三人も、カウンターの中の万里と一子も、思わず大きく息を吐き、肩の力を抜いたのだった。

その夜、あの焼きそば好きのブルドッグは来なかった。

しかし、二三はシェパードと対峙《たいじ》した緊張感が解けると同時に、ブルドッグのことはすっかり忘れていた。

翌日、ランチタイムが始まった。

康平たちのボディガードは、昨夜丁寧に礼を言って断った。店とお客さんを守るのは、店側の責任なのだ。

二三は覚悟を決めて開店に臨んだのだが、そんな気負いは肩すかしを食らった。その日、あのシェパードは現れなかったからだ。

時計の針が一時を回ると、二三と万里は大きく安堵《あんど》の溜息を吐いた。

「あ〜、緊張した」

「俺、肩こっちゃった」

揃って伸びをしていると、一子が不思議そうに首を傾げた。

「いつものあの、ブルさん、今日は見えなかったねえ」

「そう言えば、そうね。どうしたのかしら?」

「今日は他の店に焼きそば喰いに行ったんでしょ」

万里が簡単に片付けたところで、戸が開いて三原と梓が入ってきて、その話題は打ち切りとなった。

全てが明らかになったのは、翌日の朝刊を開いたときだった。

「四和ビル爆破事件の逃亡犯、逮捕!」

その見出しの下に、連行される犯人の写真が載っていた。その顔は……⁉

「ブルドッグ！」

二三と一子は同時に叫んだ。

「え、これが牧瀬弘典？　嘘《うそ》でしょ。全然別人じゃん」

新聞を覗《のぞ》き込《こ》んだ要が、間の抜けた声で言った。

「やだ〜、こんなに変っちゃうんだ。歳月って、残酷ねえ」

シャープで精悍な容貌は、太って崩れて弛《たる》み、鋭かった目も垂れ下がった瞼《まぶた》に隠れて小さくなっていた。

牧瀬は逃亡以来職を転々とし、六月からは佃《つくだ》のマンションで管理人をしていたという。公安は所在を特定してから内偵を続け、今回の逮捕に至ったのだった。

「お姑さん、もしかしたら、あのシェパードが公安の人だったのかしら？」

「さあ……」

一子は生返事をして、フッと溜息を吐いた。

「でも、あの人、焼きそばが好きだったわ。あんな大それたことをした人間にも、きっと、色々な思い出があったんでしょうね」

「そう言えば、あのシェパードも焼きそば好きだったわよねえ」

二三は短い期間ではあるがはじめ食堂に通ってくれた、犬に似た容貌の二人のお客と、それぞれの人生に思いを致し、神妙な気持ちになったのだった。

# 第二話

# ――禁断のチーズ和え

「こりゃ何だ、万里《ばんり》?」

「……臭《にお》うな」

その日、夕方のはじめ食堂にやって来たご常連、山手政夫《やまてまさお》と後藤輝明《ごとうてるあき》は、目の前に置かれたお通しの皿を不審な顔で凝視した。

「イチジクのチーズ和《あ》えでございい」

山手と後藤はますます不審な顔になった。イチジクとチーズは知っているが、その二つが一緒になると理解不能に陥るらしい。

「ま、おじさんも後藤さんも、だまされたと思って食べてみ。酒のお供にピッタリだから」

先にペロリと平らげた辰浪康平《たつなみこうへい》が一言添えたので、二人は恐る恐る箸《はし》を伸ばした。

「……いける」

「……美味《うま》い」

山手も後藤も、微妙に納得できない表情を残しながらも、その新しいつまみに舌鼓を打った。

「チーズはリコッタチーズって言うのがメインで、ブルーチーズを少しアクセントに混ぜてある」

イチジクの甘さ、トロリとした食感が、チーズの持つ濃厚な乳製品の旨味《うまみ》と塩気に包まれると、フルーツから酒の肴《さかな》へと変身を遂げる。簡単に表現すれば〝甘塩《あまじよ》っぱい〟と〝発酵乳テイスト〟の合体だろうか。

「万里、どこでこんな洒落《しやれ》たもん覚えてきたんだ?」

「これ、実はおばちゃんのアイデア」

万里は二三《ふみ》の方へ顔を向けた。

「日曜に、お姑《かあ》さんと神楽坂《かぐらざか》のビストロに行ってきたの。そこがすごく美味《おい》しくて」

「凝った料理は無理だけど、簡単なものならうちでも真似《まね》してみようかって、ね」

お後は一子《いちこ》が引き取った。

「ビストロかあ。いっちゃんはハイカラだなあ」

「あら、政さんだって、洋食好きじゃないの」

「食べるのはさ。しかしビストロなんて名が付くと、どうも気後れしちまってよ」

「誰《だれ》か誘えば良いんですよ。ダンス教室の女性とか」

二三はそう言って、二人の前にツナとオクラのマヨネーズ和えの小鉢を置いた。文字通り、オクラとツナ缶をマヨネーズで和えて塩胡椒《こしょう》しただけの簡単なつまみだが、ビールに良く合う。

「ダンス習うくらいだから、きっとビストロも入り慣れてますよ」

「このイチジク、どの酒が一番合う?」

後藤が康平に尋ねた。

「フランス人ならワインだろうけど、俺は日本酒ですね。だいたい、ワインに合う料理は全部日本酒に合うから」

康平はそう言って冷酒のグラスを傾けると、カウンター越しに万里と二三に目配せした。実は、康平が今日飲んでいる酒は、人気が出すぎて品薄の銘酒而今《じこん》である。例によって一番乗りで店にやって来ると、而今片手に「ねえ、おばちゃん。持ち込み料払うから、これ飲ませてよ」と頼んだのだ。

「あら、そんなことしなくたって、うちでちゃんと買いますよ」

二三が答えると、康平は呆《あき》れたように眉《まゆ》を吊《つ》り上げた。

「あのねえ、これ、やっとこさ仕入れた一本なんだよ。客なんかに飲ませられるかって」

酒屋の若主人にあるまじき発言に、はじめ食堂の三人はプッと吹き出した。

「おや、おや。康ちゃんの代で店が潰《つぶ》れなきゃ良いけどねえ」

「フン。酒と心中するなら、俺は本望さ」

一子はニッコリ微笑《ほほえ》んだ。こんなことを言いながら、康平は毎年地方を回り、今評判の蔵元が無名の頃《ころ》から応援して仕入れを続けてきた。それは祖父の銀平《ぎんぺい》、父の悠平《ゆうへい》の代から変らない地道な営業努力で、その甲斐《かい》あって、辰浪酒店は小さいながらも日本各地の銘酒が揃《そろ》っているのだ。

「後藤さんもおじさんも、日本酒に切り替えるなら宝剣《ほうけん》がお勧めだよ。酸で脂を切るから、唐揚げやピザにも合うし」

康平は訊《き》かれもしないのに講釈を垂れた。二人に「康平と同じ酒」と注文される前に、先手を打ったらしい。

「冬瓜《とうがん》、ゼリー寄せも良いけど、やっぱ本命は煮物だね」

康平が褒めたのは、冬瓜と海老《えび》の冷や煮。出汁《だし》で軟らかく煮た冬瓜に小海老と枝豆をあしらい、煮汁をゼリーで固めてジュレ掛けにしてある。九月に入ったとは言えまだ残暑が厳しい季節柄、冷たい料理は大活躍だ。

「はい、揚げ物行きます」

二三はズッキーニのフライを皿に盛った。縦長に切って素揚げにしたズッキーニに、三種類のハーブとパルメザンチーズをたっぷり振りかけ、塩胡椒で味を調える。オーブンで焼いた方がヘルシーだが、はじめ食堂では時短のために素揚げにした。

「これはまた、良い匂《にお》いだ」

三人の常連は鼻をクンクンさせた。揚げ物の熱でタイム・オレガノ・バジルの香りとパルメザンチーズの香りが混じり合い、食欲をそそる。

「ズッキーニも、すっかり日本の食卓に定着したね」

誰にともなく万里が言った。

「ほんと。印籠漬《いんろうづ》け作るんでスーパーに行ったら、青瓜《あおうり》が山積みになってて、あら嬉《うれ》しいと思って近づいたらズッキーニだった……なんて笑い話は五年も前よ」

二三は外国人のように肩をすくめて両手を広げた。

「うちは若頭がいるから、新しい野菜に強くて頼もしいわ」

一子は万里を見遣《みや》って頷《うなず》いた。

「イチジクもオクラもズッキーニも、一応今が旬《しゅん》だから」

万里はドンと胸を叩《たた》いた。

「そう言えば、オクラも外来種なのよね。私、昔から日本にあるとばかり思ってたわ」

「実は俺も。オクラ納豆とか、普通に喰《く》ってたし」

万里が言うと、みなつられたように視線を宙に彷徨《さまよ》わせた。オクラ納豆が目に浮かんだのだ。

「ところで、おじさん。新作のオムレツ食べる？」

「あたぼうよ」

待ってましたとばかりに山手が答える。

「で、中身は？」

「シラス」

「へえ。珍しいな」

「おばちゃんたちの行った神楽坂の店では、山椒《さんしょう》ちりめんのオムレツだったんだって。それも良いと思ったけど、シラスも今が旬だし、食感が卵のフワフワと合いそうだから」

「お前、魚喰えないくせに、意外とセンス良いな」

康平が感心したように漏らした。

「へへん。あなたが今日何を食べたか言ってみなさい。あなたがどんな人間か当てて見せよう」

万里は減らず口をたたきながらオムレツの準備に掛かっている。その間に、山手と後藤は康平の口車に乗って（？）宝剣を注文した。

と、店の電話が鳴った。

「ありがとうございます。はじめ食……なんだ、要《かなめ》」

「お母さん、テーブル確保出来る？　今から三十分くらいで作家の阿木《あき》隼人《はやと》先生をご案内するから」

「良いわよ。奥のテーブル取っとくね」

二三は気軽に答え、奥のテーブルに割箸とグラスをセットした。

「おばちゃん、要？」

「そう。阿木隼人って作家さんをお連れするんだって」

「えええっ！」

シラス入りオムレツをフライパンから皿に移そうとして、万里が頓狂《とんきょう》な声を上げた。

「あら、何？　その人、有名なの？」

「超有名だよ。『鵺《ぬえ》の城』の原作者」

「あら、まあ！」

それは去年大ヒットした映画のタイトルだった。

「ミステリーでデビューしたけど『鵺の城』が大ヒットして、それ以来ハードボイルドひと筋。今じゃ日本で五本の指に入る売れっ子作家だよ」

「ハードボイルド作家……何となく怖そう」

「そう言えば俺、前に読んだことある。フランス映画っぽくて暗かった。こんな感じ」

康平が眉間《みけん》にシワを寄せた。

「それ、フィルム・ノワールだって」

万里のツッコミに二三も乗った。

「ハードボイルドってトレンチコート着てるのよね」

「おばちゃん、今日は無理」

秋とは名ばかり、日中の気温は連日三十度より下がらない。

「それに確か、バーボン飲むのよ。ストレートで」

「うちには置いてないよ」

一子が合いの手を入れた。

「注文入ったら、康平さん、お願いね」

「任せとけって。即お届けに上がります」

そこで突然、万里は真顔に戻った。

「……でもさあ、そんな超大物がどうして要んトコみたいな、吹けば飛ぶよな今にも潰れそうな弱小出版社で書くんだろ？」

「あんたもまあ、よくもそんだけマイナスの形容詞付けられるわね」

呆れ返った二三に代わって、一子がにこやかに答えた。

「きっと、ご縁があったんでしょう。足利《あしかが》先生だって、書いてくださるんだから」

足利省吾《しょうご》は人気の時代小説家で、文芸に異動になった要が初めて担当した作家だった。はじめ食堂を気に入って、六月に結婚したばかりの奥さんを連れて、何度か店に来てくれた。

「考えてみりゃ、この店、結構大物が来てるよな。ITの藤代《ふじしろ》さんとか、伝説のムッシュ涌井《わくい》とか」

康平が指を折った。

「もうすぐ『芸能人の通う店』になるかも」

「まさかぁ」

康平以外全員が声を揃えた。

「だよねえ」

これにはみんな笑うしかなかった。

間もなく二組のお客さんが続けて入り、その後で要が作家を案内してやって来た。

売れっ子のハードボイルド作家阿木隼人は、もちろんトレンチコートは着ていない。ポロシャツにチノパン、足下はバックベルトのサンダルというラフな格好だった。髪の毛がやや薄いが、年齢は四十代半ばくらいだろう。色白でややぽっちゃりした体型、小さな目はパッチリと丸くて睫毛《まつげ》が長く、おちょぼ口。早い話が薹《とう》の立ったキューピー人形のようで、肩書きとは完全に裏腹だった。

「さあ、先生、小さくて古くて何の取り柄もないつまんない店ですが、どうぞ」

要もマイナスの形容詞をてんこ盛りにして、阿木に椅子《いす》を勧めた。

「いらっしゃいませ」

二三がおしぼりを運んだ。

「母でございます。娘が大変にお世話になっております」

阿木は律儀に立ち上がって頭を下げた。

「いいえ、こちらこそ、面倒なことばかりお願いしています」

阿木は椅子に腰を下ろし、改めて店内をぐるりと見回した。

「良いお店ですねえ」

「お恥ずかしいです。本当にどこにでもある、ごく普通の食堂兼居酒屋ですから」

阿木は赤ちゃんのような笑顔を見せた。

「足利さんから伺ってます。気取りのない店だけど、季節のものを選んだ、美味しい料理が出てくるって」

「まあ……ありがとうございます」

「足利先生はお優しいから」

要は謙遜《けんそん》しつつ、嬉《うれ》しさを隠しきれない声で言った。

「本日のお勧めはこちらになっております」

二三はお勧めメニューを書いた黒板を見せた。

「お飲み物は如何《いかが》なさいますか？」

阿木は飲み物のメニューに視線を走らせた。

「この〝フルーツのフローズンサワー〟というのは何ですか?」

「はい。氷の代りに凍らせたフルーツを入れてるんです。子供だましみたいですけど、意外と好評で」

「へえ。それは良いなあ。じゃあ、僕はぶどうサワー下さい」

「私、シークワーサー」

二三が下がるのと入れ違いに、一子がお通しを運んできた。

「先生、祖母です」

阿木はまた立ち上がって頭を下げた。

「女将《おかみ》さんのことは足利先生から伺ってます。いやあ、本当におきれいでいらっしゃいますね」

「それは……畏《おそ》れ入ります」

一子は恥じらいながらも素直に喜びを表した。

「先生も足利先生に劣らぬ紳士でいらっしゃいますね。過分なお言葉をいただいて、寿命が延びましたよ」

「いやいや、僕はお世辞と坊主の頭はゆったことが……」

そう言いながらイチジクのチーズ和えを口に運ぶと、阿木は丸い目を更に丸くした。

「こりゃ美味い! 何とも、洒落た味です」

「ありがとう存じます」

阿木は黒板のメニューと一子の顔を交互に見て言った。

「お勧めのオクラ、ズッキーニ、それとシラスのオムレツ、冬瓜と海老の冷や煮。取り敢《とあ》えずそれでお願いします」

そして要の方に向き直った。

「足利先生のご推薦だから外れはないと思ったけど、予想以上に良い店だね。お通しを食べただけで、レベルの高さが分ったよ」

「先生、あんまり期待しないで下さいよ。ホントに、普通の食堂で、普通の居酒屋なんですから」

要の脳裏には幼い頃の、祖母と亡き父が二人で営んでいた食堂兼居酒屋の記憶が刷り込まれている。その後、父に代って母が食堂に入ったが、平凡などこにでもある店という印象は変らなかった。万里が加わってお洒落なメニューが増えたとは言え、慣れ親しんだ平凡な実家が褒められすぎると、別の店になってしまったような気がして、ちょっぴり寂しさを感じるのだ。

一方、食堂メンバーの二三と一子と万里は、およそハードボイルド作家らしからぬぽっちゃりした中年男に、たちまち好感を持った。気取りがなくて愛想が良く、店の料理を気に入ってくれて、おまけにどうやら大食漢らしい。料理人は沢山食べる人が大好きなのだ。

阿木はシメのネバトロぶっかけうどんまで一口も残さず完食し、大満足の体《てい》だった。

「いやあ、美味かった。それに、店の雰囲気も良いですね。僕は昭和の生まれだから、ノスタルジーを感じますよ」

続いて、日本酒の品揃えが良いことを褒めてくれた。

「今日は出版社にゴチになりますが、今度はプライベートで伺います。また、よろしく」

「こちらこそ、どうぞご贔屓《ひいき》にお願いします」

要は勘定を払って母親からしっかり領収書を取り、阿木と一緒に店を出た。作家を帰宅のタクシーに乗せるまで、編集者の仕事は終らない。

「野田《のだ》ちゃん、阿木隼人って知ってる？」

「『鵜の城』『熱帯夜』『湿原』『夜明けの砂』……後は読んでない」

「すごい！　私、全部読んでないわ」

二三は尊敬の眼差《まなざ》しを浮かべた。

ランチの常連客野田梓《あずさ》は銀座の老舗《しにせ》バーのチーママだが、読書好きで、はじめ食堂に来るときも必ず文庫本を携えている。そして、職業柄か、文壇事情にも通じていた。

「昨夜、うちに見えたのよ」

「へえ、すごいじゃん。はじめ食堂もいよいよ有名人の通う店の仲間入り？」

「実は、要が担当してるの。足利省吾に推薦されたんだって」

「ふうん」

梓は本日の焼き魚定食、ブリの照り焼きを口に運んで頷いた。

今日のランチは煮魚が浅羽ガレイ、日替わりがハンバーグとサーモンフライ、小鉢は切り干し大根とキャベツのペペロンチーノの二品。漬け物はキュウリと茄子《なす》の塩漬け。単品は冷やしタヌキそば。そして味噌汁《みそしる》は何と、ズッキーニと油揚げだった。

「ズッキーニの味噌汁とは、珍しい」

やはりランチのご常連、三原茂之《みはらしげゆき》が不思議そうな顔をした。

「うちも最初は洋物の野菜って頭があったんですけど、食べ慣れたら、茄子に似てるって気が付いて。そんなら和食にも合うだろうから、取り敢えず味噌汁で」

「いや、美味しいですよ」

「ズッキーニと味噌が合うって、何かで読んだわ」

「これからも外国の野菜が日本に入ってくるでしょうけど、和食に合う物はどんどん取り入れようって、万里君が言うんですよ」

一子は頼もしそうに万里を見遣った。

「食材が広がれば、それだけ料理の幅も広がるし」

洗い物を片付けながら万里が答えた。

「そうね。考えてみれば、キャベツだって幕末に入ってきたのよね」

梓が感慨深げに言った。

「今じゃ、キャベツの千切りなしのトンカツは考えらんないけど」

「そのトンカツ自体、舶来なのよね」

「洋食はもう、和食と認定して良いんじゃないですかねえ」

ハンバーグを箸で割って、三原が言った。はじめ食堂のハンバーグには、生姜《しょうが》とニンニクのみじん切りが混ぜてあって、それが肉の味を引き立て、香りを高めている。

「ところで、阿木先生と足利先生はどうして知り合いなの？　片やハードボイルド、片や時代小説。ジャンルが違うけど」

「足利省吾は昔、カルチャーセンターの小説講座で講師をやってたことがあるの。阿木隼人はその時の生徒」

「へええ、ビックリ」

「最初は時代ミステリーを書いてたんだけど、足利省吾に『君は現代物の方が向いている』ってアドバイスされて、そっちに転向して新人賞を取ったんですって」

「あら、そんなことあるの？」

「あるわよ。時代物と現代物、両方書く作家もいるけど、たいていはどっちかじゃない。やっぱり、向き不向きがあるんだと思う」

万里が手を止めて、身を乗り出した。

「そう言えば、ミステリーからハードボイルドに転向した切っ掛けも、足利省吾のアドバイスだったって、何かで読んだ」

梓はキュウリの塩漬けをパリパリ噛《か》んでから口を開いた。

「阿木隼人も売れるまでには結構苦労してるのよ。警備員のバイトしながら新人賞に何度も応募したけどダメで……。これで受賞できなかったら筆を断つと決めて応募したのが、淀川《よどがわ》賞の『帰れない明日』ですって」

しかし、その後も阿木の苦難は続いた。受賞作はパッとせず、その後刊行された五作品は全《すべ》て初版止まり。注文は減る一方だった。

そんなとき、かつて小説講座で親切に指導してくれた足利から食事の誘いがあり「君の武器はトリックではなく文章だと思う。文章を最大限に活かすには、ミステリーではなくハードボイルドの手法で書くのが得策ではないだろうか?」と諭された。

切羽詰まっていた阿木は、ワラにもすがる思いでハードボイルド小説を書き上げた。それが今や阿木の代名詞ともなった大ベストセラー小説『鴉の城』だった。ところが、当時は出版を引き受けてくれる会社が見つからない。

「そしたら足利省吾が青嵐社《せいらんしゃ》に紹介してくれて、出版が決まったんだって。だから足利先生は命の恩人も同じだって、スゲー感謝してた」

万里はそこまで話すと、ポンと手を打った。

「だからおばちゃん、阿木隼人は絶対お得意さんになってくれるよ。だって、ここ、足利省吾の推薦だもん」

「取らぬ万里の皮算用」

二三は軽く笑い飛ばしたが、内心、阿木が常連になってくれたら良いのにと思った。有名作家というのはさておき、感じが良くて大食漢だ。飲食店が一番欲しいお客ではあるまいか。

「でも、改めてそんなお話を伺うと、足利先生がますますご立派に見えるわねえ」

一子がしみじみと言った。

「人格者って、年取って立派になったんじゃなくて、きっと若い頃から立派だったのね」

二三が続けると、一子は大きく頷いて、フッと遠くを見る目になった。

もしかして、亡くなったお舅《とう》さんのことを思いだしたのかしら？

二三は一子の亡き夫孝蔵《こうぞう》を、写真でしか見たことがない。映画スター並のハンサムで、〝佃島《つくだじま》の岸恵子《きしけいこ》〟と謳《うた》われた一子とは良くお似合いだった。竹を割ったような気性で、優しく誠実で俠気《おとこぎ》にあふれ、正に男の中の男だったと、色々な人から聞かされた。

絵に描《か》いたような鴛鴦《おしどり》夫婦だったのに、孝蔵は五十代で急死し、一子は五十そこそこで未亡人になった。しかし、一子が悲しみを引きずってめそめそする姿は見たことがない。

それはきっと、孝蔵と過ごした時間がかけがえのないものだったからだと、二三は思う。二人が過ごした時間の価値は、長さでは測れない。

二三もまた愛する夫・高《たかし》を失っても、悲しみに打ちひしがれることなく生きてきたからこそ、そう思えるのだ。

「あ〜あ。今年のワールドカップは良い夢見させてもらったけど、続きは四年もお預けなんて、殺生だわ」

「あたしはこれで日本代表の川島《かわしま》が見納めかと思うと、さみしい〜！」

メイの発言を受けて嘆いたのはモニカだ。川島永嗣《えいじ》は三度のワールドカップで日本代表のゴールキーパーを務めた選手で、ニューハーフ界では絶大な人気を誇っている。

「でもさ、あたしには今年の夏はワールドカップだったけど、豪雨被害に遭った人たちは、それどころじゃないわよね」

「ホント。最近日本の天気、おかしいわよ」

「三十五度だって冗談じゃないのに、四十度なんて『赤道かッ⁉』よ」

ジョリーンの言葉に、一同は深々と頷いた。

そこに、ハンバーグの焼き上がる良い香りが漂ってきた。ニンニクと肉の香りが混じり合い、更に食欲がそそられる。

「へい、お待ち」

万里がオーブンから取り出したハンバーグを次々と皿に盛った。今日は全員ハンバーグ定食だ。そして若い万里とニューハーフ三人は、残り物をビュッフェスタイルで食べて行く。

「お暑いから、オードブル代りにどうぞ」

二三が四人に小ぶりの皿を配った。

「おばちゃん、これ、何?」

「本日の単品メニュー、だし梅冷しゃぶ素麺《そうめん》です」

文字通り、茹《ゆ》でて冷水で洗って締めた素麺に、山形のだしと梅肉、豚の冷しゃぶをトッピングした一品である。

「あら、美味しい。素麺って、バカに出来ないわね」

「俺も知らなかったけど、今や専門店まであってさ。ちょっとしたブームらしい」

考案者の万里も素麺を啜《すす》りながら言った。

時間は午後一時五十分。はじめ食堂のランチタイムも終りに近く、ご常連のニューハーフ三人組がやって来ると、賄《まかな》いと連動しての昼ご飯となる。

「今度、トムヤムクンかスープカレーで素麺やってみようと思って。まだ暑いから、ピリ辛はいけるんじゃないかな」

「いけるわよ。トムヤムラーメンだってあるし」

「素麺って、ラーメンよりフォーに近いかしら。見た目、白だし」

「食感は大違いだけどね」

「この前、料理研究家の菊川《きくかわ》先生が言ってたけど、うどんやそばや素麺はご飯と思えば良いんだって。だから丼物《どんぶりもの》の上はだいたい合うって。考えてみればそうかも知れない」

四人の若者はおしゃべりしながらも早々に素麺を食べ終え、ハンバーグ定食に取り掛かった。

「ここのハンバーグは、本当に最高よね」

一口食べたメイが感嘆の声を漏らした。

「生姜とニンニクが入るとこんなに風味が増すなんて、知らなかったわ」

「亡くなった初代の直伝だって。おばちゃんのご主人、昔、帝都《ていと》ホテルの副料理長だった人」

「さすがだわ。伝統と格式の味よ」

ニューハーフ三人は頷き合い、箸が止まらない状態に突入した。

その様子を見て、一子と二三は同時に微笑んだ。一子は亡き夫の味を伝えてきた喜びに、二三は一子の嬉しそうな顔に、それぞれ幸せを感じたのだった。

俗に「またと幽霊は出ない」と言うが、阿木隼人は言葉通り、二日後の夜にはじめ食堂に現れた。

「まあ、先生、いらっしゃいませ」

二三の驚きの混じった声に、カウンターに座っていたご常連、康平・山手・後藤の三人組は一斉に入り口を振り返った。

生憎《あいにく》、五つあるテーブルは全てふさがっている。

「畏れ入ります。カウンターでよろしいでしょうか？」

「もちろんです」

阿木は先客三人に会釈して、カウンター席に腰を下ろした。

「お飲み物は如何なさいますか？」

「え〜と、今日はシークワーサーのフローズンサワーにしようかな……」

阿木はメニューに目を通しつつ、お通しのオクラと崩し豆腐の中華和えに箸を伸ばした。

「あ、これも乙な味だ」

独り言を言ってから料理を注文した。

「え〜と、冬瓜と茗荷《みょうが》のゼリー寄せ、ズッキーニのフライ、茄子・オクラ・豚バラのレモン風味……このカレー豆腐って何？」

「カレーに豆腐を入れました。お蕎麦屋さんのカレーみたいな、ちょっと和風の味にしてあります」

「これ、下さい。美味そうだ」

「ありがとうございます」

二三はいそいそと厨房《ちゅうぼう》へとって返した。阿木は大食いに加えて料理の選び方のセンスも良いと思った。お勧めを全部注文してくれたのもさることながら、肉と野菜のバランスも良く、冷たい料理・揚げ物・煮物と、満遍なく選んでいるのも心憎い。

「こんばんはあ」

来店したのはこちらもご常連、料理研究家の菊川瑠美《るみ》だ。

「先生、カウンターだけなんですけど、よろしいですか？」

「ノー、プロブレム」

瑠美は阿木と康平の間の空席に近づいた。康平が気を利かせて椅子をずらし、スペースを空けた。

「先生、わりとお久しぶりですね」

「ええ。先週から東北地方を回ってたの。雑誌の企画で……」

言いかけて、左隣の阿木を振り向いた。

「あら、阿木さん。お久しぶりです」

「菊川さん？　奇遇だなあ」

「あれ？　お二方、お知り合いなんですか？」

康平の質問に、瑠美も阿木も気軽に答えた。

「去年、取材で教室に見えたの」

「小説の背景を、料理研究家の世界にしたんですよ。それで、出版社に頼んで紹介してもらったんです」

「その節は、御著書を贈って下さって、ありがとうございました」

「いいえ。こちらこそ大変お世話になりました」

阿木は軽く頭を下げてから、怪訝《けげん》そうに尋ねた。

「こちらのお店は、前からご存じで？」

「ええ。うち、ここから徒歩五分なんですよ」

「へえ。それはうらやましい」

「阿木さんは、どうして？」

「僕の西方《さいほう》の担当が、ここの二《に》の一《まえ》要君なんですよ」

西方出版というのが、要の勤めている会社の名である。

「二三さん、ぶどうのフローズンサワーと、冬瓜のゼリー寄せ、ズッキーニの……」

メニューを横目で見ながら瑠美の出した注文は、阿木とピッタリ同じだった。

「気が合いますねえ」

康平が冷やかすと、阿木と瑠美は穏やかに微笑んだ。

「お宅がご近所なんて、うらやましいですよ」

フローズンサワーで乾杯してから、阿木がぼやいた。

「僕の住んでるところは住宅街で、駅まで行かないと飲食店はほとんどないんです。おまけに駅まで徒歩二十分で……」

阿木は一人暮らしで、毎日の食事はパンとカップ麺とコンビニ弁当がほとんどだという。

「締め切りに追われてると、面倒臭くて外へ食べに行く気がしないんですよ。徒歩五分のところにこんな店があったら、毎日通っちゃうな。ここ、ランチもやってるって言うから、昼も夜も」

そして、悩ましげに溜息《ためいき》を吐《つ》いた。

「僕は料理が全然出来ないんです。どうして若いときにキチンと習っておかなかったのか、後悔先に立たずですねえ」

「私だって、阿木さんと似たり寄ったりです」

瑠美は超の付く売れっ子の料理研究家で、教室は予約一年待ち、いくつかの雑誌に連載も持っている。あまりの忙しさに、家で料理をする暇がない。

「ここで晩ご飯を食べないときは、会食でもない限り、教室の残り物を持ち帰って食べてるんです。アシスタントの子が呆れて……」

「僭越《せんえつ》ですが、良く分ります。僕だって原稿書いたあとは、何もやりたくないですから」

「今評判の、一週間分の料理を作り置きしてくれる家政婦さんを頼んでみたら？」

「どうも、家の中に他人が入ってくるのが好きじゃないんですよ。散らかってるし」

カレー豆腐をスプーンで口に運んだ瑠美が、目を上げて二三を見た。

「二三さん、これ、美味しいわね」

「ありがとうございます。前に、錦糸町《きんしちょう》の居酒屋で食べたんです。これなら夏でも冬でも行けると思って、真似しちゃいました」

「カレーに豆腐って、案外盲点かも知れない」

阿木もひたすらスプーンを動かして言う。

「そうだわ。ダイエットメニューでランチに出してみたら？　ご飯の代りに豆腐」

「OLさんには受けるかも知れない」

万里がパチンと指を鳴らした。

「ほら、今流行《はやり》の糖質制限。麵の代りに千切りキャベツ入れたラーメンとか、ご飯の代りにブロッコリー入れた弁当とか、あるじゃない。そんなら豆腐だよ、豆腐」

「今、糖質ゼロのインスタント麵、何種類か出てるわ。麵類の時、どっちにするかチョイスできるようにしたら？」

万里は二三と一子と素早く目を見交わした。

「今度、やってみない？」

「そうね。ワンコインメニューで」

一子は黙って頷いてから、思い出したように口を開いた。

「そうだわ、先生。お豆腐と言えば、先週、新メニューで豆腐ハンバーグを出したんです」

タニタ食堂のレシピ本を参考に作ってみたものだ。

「オーブンで焼いて、仕上げに生姜風味の餡《あん》を掛けるんです。わらじみたいに大きいんですけど、モノがお豆腐なんで、ＯＬさんたちもペロリと召し上がって、好評でした」

「そんなの聞いたら、食べたくなるわ！」

瑠美がムンクの「叫び」のように両手を頬《ほお》に当てた。

「それ、夜も出ます？」

「はい。酒の肴にも良さそうなんで、定番にしても良いかと」

「出す日、教えて。絶対に来るから」

瑠美は目を輝かせ、身を乗り出した。

「そうだわ。夜の定番で出すなら、揚げても良いんじゃない？　その方が時短になるわよ」

「それは、所謂《いわゆる》飛竜頭《ひりようず》ですね」

康平が言うと、阿木までヨダレを垂らしそうな顔になった。

「飛竜頭、美味いんですよねえ。出来立て、最高だな」

その夜、例によって閉店時間を過ぎてから帰宅した要を交えて夜食となった。話題は当然阿木隼人と菊川瑠美である。

「二人とも結構マスコミのイメージ裏切ってるよね。豆腐ハンバーグで目の色変えちゃって」

ぶどうのフローズンサワーを片手に万里が言うと、要は一気に半分飲み干した缶ビールをドンとテーブルに置いた。

「そうなのよお。ハードボイルド作家って言うからビビってたんだけど、全然イメージ違った」

「お前さあ、足利先生の時もイメージ先行でビビってなかった？」

「足利先生は、優しくて良い方だけど、取り敢えず見た目はビシッとして格好いいじゃない。でも阿木先生はさあ……」

「阿木先生だって、温和で優しそうで、見た目悪くないわよ」

「いや、人間的には良い人だよ。ただ、阿木先生の作品の主人公って、みんな背が高くてハンサムでスリムで野性味があって女にモテモテなのよね」

「そりゃしょうがないよ。小説だって商売なんだから、読者の欲求に応《こた》えないと」

万里はニヤリと笑って付け足した。

「それに、もし阿木先生が作品から抜け出してきたような超イケメンだったら、お前、頭に血が上って仕事になんないだろ？」

「そりゃそうだ」

要に代って二三が答えたので、一同はプッと吹き出した。

「そう言えば、阿木先生って奥さんいないの？」

「うん。バツイチ」

要はカレー豆腐をスプーンですくった。

「若いとき結婚したんだけど、成田離婚しちゃって、それ以来結婚は懲り懲りなんだって。先輩が言ってた。あ〜、やっぱ、カレーは飲み物だよねえ」

カレー豆腐を呑《の》み込んで、要は満足そうに呟《つぶや》いた。

「ふみちゃん、糖質制限メニューって、売れ行きどう？」

九月も終りに近づいた、ある昼下がりのはじめ食堂である。

梓が尋ねたのは、先週から始めた選択メニューのことで、ご飯の代りに豆腐か糖質ゼロ麺を選べるようにした。

「まあまあ。驚いたのは、注文するのは女性だけだと思ったら、男性も何人かいるの。こんなに流行《はや》ってると思わなかった」

「健康法も流行があるわよね。油抜きが流行ったこともあるし」

「そうなのよ。この前テレビ観《み》てたら『一日三十品目』は今はダメなんですって。カロリー取り過ぎになるから『一日十五品目』が適当だって言うの」

「糖質制限も過剰にやるのは良くないと、雑誌に書いてありましたね」

三原は日替わりの豆腐ハンバーグを呑み込んで言った。

「このハンバーグはやさしい味で、いいですね。いくら食べても胃にもたれない」

具材には鶏《とり》の挽肉《ひきにく》と水で戻したヒジキ、人参《にんじん》とグリーンピース、卵が混ぜ込んである。生姜風味の餡が掛かっているので、食べやすいようにスプーンを添えた。

「まあ、糖質制限メニューも、この流行がいつまで続くかわからないけど、当面は成功だわ。お客さんが糖質制限やってる同僚を連れてきてくれたし」

「そう言えば、阿木隼人はあれから？」

今日は梓も豆腐ハンバーグを頬張っている。

「それが、週に二度も三度も来て下さるのよ。何だか申し訳なくなっちゃう」

「どうして？　良いことじゃない」

「でも、何だかねえ。相手はベストセラー作家だし、うちは普通の……」

「二三さん、ベストセラー作家だろうと大富豪だろうと、日本人は毎日フレンチやイタリアンは辛いんですよ。普通の美味しい家のご飯が食べたいんです。阿木さんが足繁《あししげ》く通うのは、それが理由ですよ」

三原はきっぱりと言った。帝都ホテル元社長に太鼓判を捺《お》してもらうと、現金なもので、二三の忸怩《じくじ》たる思いは吹き飛んだ。

しかし、二三にはもう一つ気掛かりなことがあった。

その気掛かりが始まったのは九月の後半だった。

「そんならいっそ、こっちへ引っ越せば?」

康平が渋々といった風情《ふぜい》で卸してくれた而今のグラスを傾けながら、瑠美が言った。美酒に酔ったのか、少し呂律《ろれつ》が怪しい。

「そうしようかなあ……」

トロンとした目で答えたのは、阿木隼人だ。

「まさかこんな店で……ッと、失礼、而今が呑めるとは思わなかったし」

「いいえ、仰《おつしや》るとおりです。みんな辰浪酒店さんのお陰です」

二三がカウンターの中で頭を下げると、康平は泣き笑いのような顔をした。而今を独り占めしたいという酒飲みの本能と、はじめ食堂のお客さんにも楽しんでもらいたいという商売人としての理性に引き裂かれた表情だ。

瑠美と阿木はカウンターに並んで腰を下ろしていた。待ち合わせたわけではないらしいが、二人がはじめ食堂に来る日は重なり、時間も近かった。どちらも一人客なので、カウンターに隣り合わせに座ることになる。

二人は良く食べ、良くしゃべった。話題はほとんど食べ物のことで、はじめ食堂の料理を肴に、世界中の食材と料理に話が広がっていく。そして最後には必ず「菊川さんがうらやましい。うちの近所にもこんな店があったら」という阿木の泣きが入った。

それまでは「お気の毒に」と相槌《あいづち》を打っていた瑠美が、その日はいきなり引っ越しを提案したのである。

阿木もまた、結構その気になったらしい。佃《つくだ》周辺の生活情報などを瑠美に聞き始めた。

そこへ電話が鳴った。

「お母さん、これから二人、入れる？　出来ればテーブル」

要だった。ちょっと声が上ずっている。

「大丈夫よ。お客さん？」

「うん。じゃ、お願いね」

ほどなく、要が連れと二人で入ってきた。

「お母さん、こちら、イラストレーターの播磨《はりま》悠人《ゆうと》先生」

「ようこそ、いらっしゃいませ」

二三が頭を下げると、向かいの席に座った播磨も会釈を返した。

要が声を上ずらせるのも無理はない。播磨は年齢三十代前半、すらりと背が高く、野性的な魅力満点のイケメンだった。

あらら、まるで要の言う〝阿木隼人の小説の主人公〟みたい。

二三がそう思ってカウンターを振り返ると、万里が身を乗り出して目を剝《む》いている。

一方の播磨は目ざとくカウンターの阿木を見付け、席を立って近づいた。要もあわてて後を追う。

「阿木先生、こんばんは」

「あれ、播磨君。奇遇だねえ」

「菊川先生、イラストレーターの播磨悠人さんです。阿木先生のお作品のカバーをお描《か》きになってらっしゃいます」

要が一歩下がって瑠美に播磨を紹介した。

「僕、菊川先生のレシピ本、二冊持ってますよ」

「まあ、嬉しい。ありがとうございます」

「自炊してるんで、助かってます」

「彼は僕と違ってちゃんと料理するから、偉いよね」

阿木が播磨と瑠美を見比べながら言った。

「今度、自炊男子向けのレシピ本も出して下さいよ。友達に宣伝しますから」

一通り挨拶《あいさつ》が済んでから、播磨は要と予約席に戻った。

「お飲み物は何になさいますか？」

二三がおしぼりとお通しを運んでいって尋ねた。

「ええと……ビールで」

播磨は気のない口調で答えた。お通しは大評判のイチジクのチーズ和えで、播磨はひと箸つまむと首を傾《かし》げた。

「これ、どっかで食べたことある」

「母が神楽坂のビストロで食べたのを真似したんです」

「ふうん」

そしてメニューから要に目を移した。

「適当に選んでよ。僕、好き嫌いないから」

「はい！」

要は受験生のように真剣な目つきでメニューと睨《にら》み合った。しかし播磨は心ここにあらずと言った様子で、あらぬ方を眺めている。

「ええと、茄子のなめろう、戻りガツオのカルパッチョ、シラスのオムレツ、ズッキーニと豚の味噌炒《いた》め……」

　さすがは食堂の娘で、料理のチョイスも上等だ。もっとも、その日のお勧めを全部頼んだだけなのだが。

　二三が注文を通すと、万里は余裕の笑みを浮かべた。播磨が要にまるで気のないことは、誰の目にも明らかだった。本人もすぐに気が付くだろう。二三はぐいと親指を立て、万里にエールを送った。

　要と播磨のテーブルになめろうとカルパッチョが並び、飲み物がビールから冷酒に切り替わったタイミングで、阿木と瑠美が同時に席を立った。

「ごちそうさまでした」

「ああ、美味かった」

　店を出る二人に、要と播磨も立ち上がって頭を下げた。

「阿木先生、良く来るんだって？」

　席に戻ると、出入り口の方を見たまま播磨が訊いた。

「はい。週に二、三回くらい。何の変哲もない店なんで、かえって気楽で良かったのかも……」

「よっぽど気に入ったんだな。先生は荒川区に住んでるんだ。ここまで来るのも大変だよ」

「そうですよねえ」

要は答えてから、ふと思い付いて口に出した。

「もしかしたら、菊川先生と気が合ったのかも……」

「菊川さん？　彼女もここの常連なの？」

「はい。お宅が近いんで、ちょくちょくご利用いただいてます」

「ふうん」

播磨はそれから急に興味を失ったようで、要の話に気のない返事をするほかは、たまに料理を口に運んではちびちび酒を飲み、三十分ほど過ごして席を立った。

要は「私、タクシー捕まえて参ります！」と播磨の後に続き、五分ほどしてしょんぼり戻ってきた。

「お酒、冷やで」

要はカウンターに腰を下ろし、空気の抜けたような声で言った。二三は空いたテーブルを拭《ふ》きながら振り返った。

「お客でいるなら、お代取るからね」

「良いよ。カードで払う」

「お前、ほんと分りやすいよなあ」

万里はニヤニヤしながら要の前に冷酒のデカンタとグラスを置いた。

「フン。その台詞《せりふ》、そっくり熨斗《のし》つけて返してやるわよ。お祖母《ばあ》ちゃん、お茶漬けある？　お腹空《なかす》いちゃった」

「鮭《さけ》か梅干し。でも、結構食べたんじゃないの？」

「胸がドキドキして、何食べたか覚えてない」

カウンターの中で一子は笑顔を見せた。

「そりゃ可哀想《かわいそう》に。すぐ出来るから、ゆっくり味わって食べなさい」


二三も一子も万里も、播磨悠人がはじめ食堂に来ることは二度とないだろうと思っていた。

ところが、予想に反して、翌日から播磨はほとんど毎日のようにはじめ食堂にやって来た。しかも、初めて来店したときと同様、心ここにあらずという態度で、時折ぼんやり宙に視線を彷徨わせる以外は、ひたすらスマートフォンをいじりながら、開店三十分後から閉店間際まで居続ける。

確かに、カウンターの一番隅に座って大人しくしているので、長居されても邪魔にはならないが、それにしても酒も料理もどうでも良い感じで、勧めなければ何も注文しようとしない。おまけに食が細いのか、せっかくの料理も半分以上残してしまう。さりとて他の客との会話を楽しむわけでもなく、むっつり押し黙って、ただ一人離れ小島に陣取っている。

いったい何が楽しくて播磨ははじめ食堂に通ってくるのか？　謎《なぞ》だった。

「こんばんはあ」

その日、一週間ぶりに菊川瑠美が来店した。カウンターには播磨の他、ご常連の康平・山手・後藤が座っていた。

「先生、お久しぶりですね」

「ええ。今度『カンパーニュ』で連載を始めることになって、その準備やら打合せで、夜中まで缶詰に……」

そこまで言って、カウンターの端の播磨に気が付いた。

「あら、播磨さん、こんばんは」

「どうも、こんばんは」

播磨は瑠美を見てニッコリ微笑み、会釈を返した。いきなりスイッチが入ったような感じで、パッと目が輝いた。

「『カンパーニュ』って、けっこう歴史ありますよね」

『カンパーニュ』は元祖〝意識高い系〟女性誌で、今も中高年女性の根強い人気を保っている。

「今年創刊四十周年ですって。播磨さんよりずっと年上ね」

瑠美は播磨と後藤の間に座った。

「そうそう、阿木先生もずっとご無沙汰《ぶさた》なんですよ。締め切りで忙しいのかなあ？」

康平が訊くと、瑠美は首を振った。

「取材で北海道にいるってメールが来たわ。お土産に〝ミン味《み》〟と〝にしんのおかげ〟を買ってきてくれるって言うから、楽しみにしてるの」

「何です、それ？」

万里がカウンターから首を伸ばした。

「〝ミン味〟はホタテ、〝にしんのおかげ〟はニシンを主体にした調味料で、味噌みたいなペースト状。そのままご飯に載せて食べても美味しいし、料理の隠し味に使うと抜群よ」

「全然知らなかった。俺、今年のゴールデンウィークに北海道旅行したのに」

「もらったらこちらにもお裾《すそ》分けするわ」

「えー、ほんとですか？　ありあとっす」

「でも、阿木さんのことだから、こちらに一瓶預けて『適当にこれ使った料理、作って下さい』なんて言うんじゃない？」

「ある、ある！」

一同は小さく笑い合った。

しかし、二三は見てしまった。播磨は笑っていなかった。刺すような鋭い眼差しを、瑠美の横顔に向けていた。

翌日、阿木隼人がはじめ食堂を訪れた。

時刻は七時ちょっと過ぎで、瑠美を含むご常連四人と播磨はカウンターに座っていた。

「これは皆さん、お揃いで」

「先生、お帰りなさい」

ご常連たちは気軽に声をかけ、播磨はカウンターの端から会釈を送った。

「どうも、皆さんお揃いだと出しにくいなあ」

阿木は手提げ袋に目を落とした。

「大丈夫。〝ミシ味〟と〝にしんのおかげ〟、私バラしちゃったから」

「何だ。それじゃ……」

阿木は紙袋をひとつ瑠美に渡し、もう一つをカウンターに置いた。

「これ、はじめ食堂さんに。適当に使って下さい。ただし、その料理、僕にも出して下さいね」

瑠美の予想した通りだった。一同は思わず互いの顔を見合わせ、頬を緩めた。

ただ一人、播磨を除いては。

その夜、九時過ぎに帰ってきた要を交え、はじめ食堂は夜食タイムを迎えた。

「播磨さん、ひょっとして菊川先生が好きなのかしら？」

二三が漏らすと、鰯《いわし》のカレー揚げをつまみにビールを飲んでいた要が、ゲホゲホとむせた。

「だって、お酒にも料理にも興味ないのに、毎日通ってくるんだもん。何か目的がないと変じゃない」

「お母さん、菊川先生は十歳くらい年上よ」

「今時、その程度の年の差カップルは珍しくないわよ。それに、菊川先生は年よりずっと若いし、チャーミングだし」

「何と言っても料理研究家として確固たる実績があるからね。貫禄《かんろく》があるよ……今はオーラって言うんだっけ？」

二三の援護射撃をしたあと、一子は一呼吸置いて言葉を続けた。

「でも、播磨さんが菊川先生を好きというのは、違うと思う」

「じゃ、お姑さんは、何が理由で播磨さんがうちへ来ると思う？」

「それはあたしも分らないけど……」

「俺も違うと思う。だいたい、あの二人、絶対に合わないよ」

茄子・オクラ・豚バラのネギ塩だれを頬張ったまま、万里が言った。

「あら、万里もそう思う？」

要はポテトサラダに伸ばした箸を途中で止めた。

「うん。先生は美味しい物食べたり作ったりするの大好きだけど、あいつは全然関心ないもん。絶対上手《うま》く行かないって」

要は顔をしかめ「なあんだ」と呟いた。

「でも、不思議よねえ。どうして播磨さん、うちに来るのかしら?」

二三はお通しのイチジクのチーズ和えを箸でつまんだ。

「イチジクとチーズは全然イメージ違うけど、合わせるとしっくりきて、とても美味しい。でも、はじめ食堂と播磨さんじゃ、合わせようがないのよねえ……」

口の中ではイチジクの甘さとチーズの旨味、ほのかな塩気が微妙に溶け合って、芳醇《ほうじゅん》な味わいが広がっていた。

翌週の月曜日、夕方のはじめ食堂にメイ・モニカ・ジョリーンの三人組が現れた。勤めているショーパブは年始以外は無休だが、三人は月曜日を休みにしているので、たまに遊びに来るのである。

「これはまた、きれいどころがお揃いで」

「山手のおじ様、お久しぶり」

「今日は康平は法事でこれないから、代りに俺がワンドリンクサービスだ。好きなもの注文してくれ！」

「まあ、おじ様、太っ腹！」

「魚政《うおまさ》、日本一！」

サービス精神旺盛《おうせい》な三人は、しなを作って愛想を振りまいた。

二三がテーブルにそれぞれのフローズンサワーを運ぶと、額を寄せ合ってお勧めメニューに見入っていた三人が、一斉に顔を上げた。

「おばちゃん、この、イチジクのチーズ和えって何？」

「神楽坂のビストロで食べたの。美味しいわよ」

「じゃ、それ！」

三人はああだこうだと言い合いながら、にぎやかに料理を注文した。カウンターの隅に座っていた播磨がチラリと目を向けた。

「あら、ごめんなさいね。おやかましくて」

メイはニッコリ微笑んで軽く頭を下げ、モニカとジョリーンもそれに倣《なら》った。

「いえ、ちっとも」

播磨は口ごもり、あわてて目を戻した。

「こんばんは」

そこへ阿木隼人が入ってきた。その後ろには菊川瑠美が続いている。

「角でバッタリ会っちゃって」

瑠美はそう言いながら、阿木と並んでカウンターに腰掛けた。

二人はカウンターの先客と挨拶を交わした。播磨は笑顔を見せたが、その目は笑っていなかった。

二三は時々チラリと播磨の様子を盗み見た。播磨はじっと瑠美の横顔を見つめている。その目に宿る鋭い光は、ほとんど殺気と言って良かった。

どうしよう？　まさか、店で血の雨が降るようなことに……⁉

「……というわけで、おばちゃん、柄にもなくご飯が喉《のど》を通らないんだって」

「そうは言ってないでしょ。考えると胃が痛くなりそうだって」

「なりそう……って、実際は痛くないわけか」

翌日のランチタイムの終り頃、二三と万里はニューハーフ三人組の前で軽口を叩き合っていた。他のお客さんはみんな引き上げて、これからは賄いタイムである。

「でも、あたしの見るところ、あのイケメンの狙《ねら》いは菊川先生じゃないわよ」

ジョリーンはそう言うと、意味ありげな目つきでメイとモニカを見た。二人も意味ありげな目つきでジョリーンを見返した。

「じゃあ、あの剣呑《けんのん》な雰囲気はいったい……？」

「先生の隣にいたぽっちゃり中年よ」

「えええッ⁉」

二三と万里は同時にのけ反りそうになった。

「阿木先生が？」

「まさか！」

メイたち三人は自信たっぷりに首を縦に振った。

「あのイケメンはあのぽっちゃりに惚れてるわ」

「ぽっちゃりと菊川先生が仲良さそうなんで、嫉妬《しっと》に燃えてるのよ」

「他の人の目はごまかせても、あたしたちの目はごまかせないわ」

二三と万里はあんぐりと口を開けたまま、言葉を失っていた。一方、一子はさして驚いた風もなく、神妙な顔で頷いた。

「あたしも、何となくそんな気がしていたわ。播磨さんが菊川先生を見る目は嫉妬に燃えてたけど、阿木先生を見る目はちょっぴり切なそうだった……」

「おばちゃん、さすが」

「ますます尊敬しちゃう」

「あたしが男だったら、ほっとかないのに」

三人は口々に一子を褒めそやした。

「あのう、ところで……」

やっとショックから解放されて、二三が問いかけた。

「これからどうしたら良いかしら？　このまま播磨さんを放《ほう》っといたら、血の雨が降りそうな気がするんだけど」

「やっぱり、阿木先生にキチンと話すしかないだろうね」

一子がきっぱりと言った。

「どういう経緯があったかは知らないけど、播磨さんがあそこまで思い詰めるからには、二人の間にはそれ相応の関係があったんでしょう。そして、阿木先生は何かの理由で播磨さんと別れた。それは二人の問題だけど、別れ話のゴタゴタに菊川先生を巻き込むのは良くありませんよ」

万里が腕組みして顔をしかめた。

「おばちゃんの言うとおりだけど、どうやって話すかが問題だよ。二人ともカミングアウトしてないしさ」

「あたしたち、一肌脱ごうか？」

ジョリーンが気軽に申し出た。メイもモニカも後押しするように頷いた。

「大丈夫ですよ」

一子は優しく微笑んだ。

「阿木先生は良識のある紳士です。それとなく、播磨さんの嫉妬が菊川先生に向いていると言えば、迷惑が掛からないように、しかるべく対処して下さるでしょう」

一子の口調は穏やかだが断固とした響きがあった。それを聞くと二三は、きっとそうだと納得してしまう。

でも、ちょっぴり残念だった。

阿木先生、もう店に来てくれなくなるかも。良いお得意さんだったのになあ……。

一子はやや厳しい顔つきで一同を見回した。

「皆さん、これはここだけの秘密。他言は無用にお願いしますよ」

そして、二三と万里を見て付け加えた。

「要にもね。仕事とプライベートは別問題。余計な先入観を持つ必要はないんだから」

二人は神妙な顔で頷いた。

要も大変だな……。

二三はしみじみと思った。根無し草のフリーターだった万里が今やはじめ食堂の大黒柱に成長したように、ままごとの延長のようだった要の編集者生活も、着実にプロへの道を歩み出している。きっとこれからも、想定外の事件や厄介事にぶつかるだろう。

でも、大丈夫。きっと乗り越えていける。要には帰る家がある。私たちが付いている。

力強く自分自身に言い聞かせると、自信が確信に変った。

「ねえ、万里君」

メイがいたずらっぽく微笑んだ。

「あのイチジク、今度リンゴでやってみたら？　禁断の果実のチーズ和え、受けると思うよ」

# 第三話

# 初めてのハラール

十月も半ばにさしかかると、さしもの残暑もようやく鳴りをひそめ、過ごしやすい陽気が続いていた。

春と秋、その中でも五月と十月は、一年中で一番爽《さわ》やかな季節だろう。暑からず寒からず、見上げる空の色は青さを増し、木々の葉は緑が濃く、吹き渡る風はカラリとして肌に心地良い。

道行く人の服装も長袖《ながそで》になったが、ジャケットもコートも薄手で軽やかだ。お洒落《しゃれ》に気合いの入る季節であり、ファッションの秋と称されるのも頷《うなず》ける。

そして十月と言えば秋たけなわ、天高く馬肥ゆる季節で、盛りを迎える海の幸山の幸はてんこ盛り、食いしん坊なら胸がときめいて堪《たま》らない。

しかし、今年の十月、二三《ふみ》の心は重かった。

「サンマよ、サンマ！　場外を見てきたけど、サンマの南蛮《なんばん》漬け、どこも入荷してないのよ」

二三は水切りをした豆腐をマッシュしながら、恨めしげに溜息《ためいき》を吐《つ》いた。四尾入って一パック二百四十円だったサンマの南蛮漬けは、ランチの救世主のような存在だったのに。

今年の漁獲量は史上最低を記録した去年に比べ、二倍近いものであった。しかし、加工品に影響が及ぶまでにはタイムラグが生じる。

「それにサンマ本体も、何となく昔より小さくなってるのよ。痩《や》せてるし。前はもっと大きくて、丸まる太ってたわ」

万里《ばんり》は「いつも痩せたいって言ってるのは誰《だれ》？」と言おうとして、あわてて台詞《せりふ》を引っ込めた。二三は本気で落ち込んでいるらしい。

「いったい世の中、どうなっちまったんだろう。あたしはそんなに毎日サンマを食べた覚えはないけどねえ……」

出汁《だし》を取っていた一子《いちこ》も、二三に同調してぼやき節を披露した。

「絶対、中国が乱獲してるからよ！」

「年々、サンマが日本近海に来なくなってるんだってさ」

万里は小気味よい音を響かせてキャベツの千切りを刻みながら答えた。

「どうして？」

「日本周辺の海の水温が上がってるって。サンマって、水温高いとこには行かないらしいから」

「つまり、地球温暖化ってこと?」

「多分」

「あ〜あ」

二三はまたしても大袈裟《おおげさ》に溜息を吐いた。

「最近、身体《からだ》の不調は全部〝加齢〟、自然現象の変化は全部〝地球温暖化〟って言われるけど、それを言っちゃお終《しま》いよ。人は若くなれないし、天気は人力で変えられないし」

「そう言えばおばちゃんも最近、ぼやきと恨み節増えたよね。やっぱ年のせい?」

「おだまり。経営者は悩みが尽きないのよ」

「ほんとだね。だからふみちゃん、くれぐれも身体には気をつけてね」

一子は優しい笑顔を浮かべて二三を見た。

今は午後五時ちょっと過ぎ。ここ、佃《つくだ》はじめ食堂では夜の営業に向けて、料理の仕込みに追われている最中だった。

月半ばになってようやく秋めいてきた陽気に合わせ、本日のお勧めは舞茸《まいたけ》の天ぷら、エリンギのグリル、戻りガツオのカルパッチョ、秋鮭《あきさけ》のちゃんちゃん焼き、ジャガイモのグラタンなどの季節メニューに加え、今や定番と化した豆腐ハンバーグの素を揚げた飛竜頭《ひりょうず》、カレー豆腐、牛スジの麻婆煮《マーボーに》が並ぶ。

「これに獲《と》れたてのサンマの塩焼きも入れたかったんだけどね。ま、しょうがない。値上がりしちゃったんだもん」

二三は豆腐ハンバーグの素をタッパーに移し、パンパンと手を叩《たた》いた。

「さて、準備オッケー。万里君、看板出してきて」

「へーい」

気軽に表に出て行った万里だが、そこに人影が現れた。通行人に何か尋ねられたのか、店の表で立ち話をしている。身振り手振りを交えながら遣り取《やと》りすること三十秒、困惑の面持ちで店内に半身を差し入れた。

「ねえ、おばちゃん、うち、ハラールってあり？」

二三と一子が意味が分らず顔を見合わせたところで、万里と問答をしていたと覚しき二人の新客が入ってきた。

「アロー」

「ボンジュー」

気軽に挨拶《あいさつ》する二人は黒褐色の肌をした雲つくような大男だった。身長は軽く百八十センチを超えている。顔立ちからアフリカ系と思われるが、それ以上は分らない。

生まれてから外国人と身近に接したことのない一子は、驚きのあまり完全に言葉を失っている。大学を卒業してから英語と縁が切れてしまった万里も、困り切っている。

ここは大東《だいとう》デパートのやり手バイヤーとして、欧米への出張経験豊富な二三が乗り出すほかはなさそうだ。

「ハロー」

二三は笑顔を作って二人の大男に近づいた。どちらも背は高いが身体はスリムで均整が取れ、身につけているジャケットとデニムのパンツも趣味が良い。顔立ちは精悍《せいかん》だが、表情は知性的だった。

そう言えばパリコレのモデルに、こういうタイプがいたっけ。

ふと、そんなことを思い出した。試しに英語で「ウェルカム トゥ ジャパニーズダイナー〝はじめ〟」と言ってみると、ちゃんと意味が通じた。

「私たちはリーズナブルなジャパニーズフードを提供しています。オリジナルメニューも豊富です。あなた方はフードタブー（食物禁忌）がありますか、ジェントルメン？」

二人は嬉《うれ》しそうに頷いた。

「私たちはセネガル系フランス人で、ムスリムです。だから豚肉とその加工品、アルコールは飲食できません。他の肉も、可能であればハラールを希望します。でも、それ以外は大丈夫です」

ハラールとはイスラム教の教義に則《のっと》った作法で調整された食品のことで、近年、イスラム圏からの観光客の増大に伴い、日本でもハラール認証された食品を扱う店やレストランが増えている。

二三は新聞やテレビを通じて、ハラール食品について一応の知識は持っていたが、現実にイスラム教徒のお客さんが店にやって来るとは夢にも思っていなかったので、内心ハラハラしていた。

「では、魚と野菜、卵、それに豆腐は食べられますか？」

「はい。私たちはパリでも日本食レストランに行くんですよ」

「私たちはスシが大好きです」

二人は同時に白い歯を見せて笑顔になった。

二三は二人が寿司《すし》を食べられると聞いて安堵《あんど》した。寿司にはカッパ巻やかんぴょう巻、卵焼きもあるし、お椀《わん》も出てくる。それなら日本料理で使う材料は、ほとんどＯＫと言うことだ。

「どうぞ、お好きなテーブルにお座り下さい」

サッと手を伸ばして勧めると、二人は大きな身体を折り曲げるようにして椅子《いす》に腰を下ろした。

二三はカウンターをふり向き、一子と万里に言った。

「この方たち、フランス人で、お寿司が大好きなんですって。イスラム教徒で豚肉とアルコールはダメだけど、それ以外は大丈夫だから、安心して」

一子も万里も、ホッとした顔になった。

「お飲み物は何がよろしいですか?」

店にあるソフトドリンク類を説明し、ついでにノンアルコールビールも紹介したが、二人は日本茶を希望した。

二人はメニューを開き、料理名を指さしては二三に説明を請うたが、実物を食べたことがないので、どうも要領を得ない。そこで思い切って言ってみた。

「オードブルには、当店自慢のポテトサラダ、豆腐の中華ソース、カツオのカルパッチョをお勧めします。魚料理は鮭のロースト味噌《みそ》ソースが美味《おい》しいですよ。そうそう、中華風のオムレツも試してみて下さい。具材はシュリンプとポロネギで、ジンジャー風味なんです。メインディッシュには天ぷらは如何《いかが》でしょう?」

二人は即座に賛成した。

「全部、とても美味しそうですね」

「是非、それで頼みます」

二三は自然に笑顔になった。

「全部食べ終わって、まだ食べられるようなら、ヌードルとライスのメニューをご紹介します。こちらも美味しいですよ」

「ナイス!」

二人はぐいと親指を立てた。

「というわけで、まずはポテサラと中華風冷や奴《やっこ》、戻りガツオのカルパッチョ、行きます。万里君、中華風オムレツ作って下さい。お酒は使わないでね」

二三は厨房《ちゅうぼう》に戻りながらテキパキと指示した。

「おばちゃん、すごいね。俺、何か、尊敬しちゃった」

「あたしもビックリよ。ふみちゃんが外人さん相手に、こんなに堂々と応対できるなんて」

「へへへ。昔取った杵柄《きねづか》。海外出張多かったから、外人馴《な》れしてるのよ」

二三は急須《きゅうす》でお茶を入れると、ポテトサラダと中華風冷や奴を器に盛り付けてテーブルに運んだ。

料理が来ると、二人はまずスマートフォンを取り出して撮影してから、割箸《わりばし》を手に取った。

厨房では一子が皿に鰹《かつお》の薄切りを並べ、香味野菜を飾り付けた。上からゆずポンとオリーブ油をかければ和風カルパッチョの出来上がりだ。

「おお、これは美味しい」

出された料理を、二人はまったくためらいなく食べてゆく。パリで日本料理店に行くと言うだけあって、箸の使い方も馴れたものだった。二三は気を利かせてフォークとスプーンも出したのだが、この分では出番は来ないかも知れない。

「このソースは何ですか？　とても良い香りだ」

「ソイソースとＹＵＺＵ……ジャパニーズ・シトラス・フルーツのミックスです」

「なるほど」

二人はケイタ・マネとアラン・サールという名で、ケイタは雑誌記者、アランはエンジニア。共に休暇で日本を訪れていた。ちなみに、二人とも来日は二度目だという。

「今回は観光地でなくて、普通の日本人が生活している場所へ行ってみたいと思ったんだ」

「ＳＮＳで知り合った日本人が、佃には昔ながらの街並と高層ビル群が共存する、とても珍しい空間があるって教えてくれてね。それで来てみたんだ」

「本当に彼の言う通り、不思議でビューティフルな眺めだったよ」

「彼が、佃には〝はじめダイナー〟という古い小さなビストロがあって、料理が美味しくて値段が安くて、店の人がとても親切だって言うんだ。だから、是非行ってみようってことになって」

「それも彼の言う通りだった」

「そのお友達は、どうしてうちの店を知ったんですか？」

「彼はブロガーで、フード関係も詳しいんだ」

「もしかしてその人、ムッシュ当麻《とうま》清十郎《せいじゅうろう》？」

二人が同時に「おおっ」と声を上げた。

「彼を知ってるんですか？」

「はい。何度かお店に来ていただきました。とても感じの良い、ヤングジェントルマンですよ」

共通の知り合いがいたことで、ケイタとアランはより一層はじめ食堂に好意を持った様子だ。当麻と二三の娘・要《かなめ》の間に経緯《いきさつ》があったことは、もちろん二人は知らない。

「美味《うま》い。こんなオムレツは初めてだ」

「ジンジャーとセサミオイルの風味が素晴しい」

中華風オムレツも好評だった。二人とも見事な食べっぷりで皿を空にした。

今、万里が作っているのは「秋鮭のちゃんちゃん焼き」だ。フライパンに油を引き、キャベツ・人参《にんじん》・玉ネギなどの野菜と塩胡椒《こしょう》した鮭を載せ、味噌ダレを回し掛けたら蓋《ふた》をして、二十分ほど蒸焼きにすれば出来上がりだ。味噌ダレは味噌・酒・みりんを合わせるのが一般的なのだが……。

「おばちゃん、酒とみりん使えないから、水溶きして最後にバター足そうと思うんだけど」

「良いと思うわ、こくが出て」

イスラム教はアルコール飲料はもとより、みりんなどアルコールを使った調味料も禁忌だった。

二人の横で、一子は天ぷらに使う海老《えび》の下ごしらえに掛かっていた。舞茸とナス、ピーマンも揚げる予定だ。

「ちは〜」

のんきな声で入ってきた辰浪康平《たつなみこうへい》は、テーブルについた二人の大男を見て、一瞬ギョッとして立ちすくんだ。

「いらっしゃい。こちら、フランスからのお客様。日本料理が好きなんですって」

二三がカウンターから声をかけると、一気に緊張感が解けた。

「ああ、驚いた。まさかはじめ食堂に外人観光客が来るとはねえ」

康平はカウンターに腰掛けてビールを注文した。

「前にうちにいらしたお客さんと、SNSで友達なんですって。その紹介でわざわざ来て下さったのよ」

「へええ」

そう言いながらも、康平は厨房から漂う味噌とバターの香りに鼻をヒクヒクさせた。

「良い匂《にお》い。何？」

「秋鮭のちゃんちゃん焼き。今作ってんのは、イスラム教の人用で、酒とみりんの代りにバタートッピングしたやつ」

「俺もそのちゃんちゃん焼き。あ、こっちは酒とみりんもありね。それから飛竜頭とエリンギのグリル」

康平はお通し代りのポテトサラダに箸を伸ばしてから、今更のように首をひねった。

「ちょっと待って。イスラム教って、あの人たちフランス人なんだろ。キリスト教じゃないの？」

「ご先祖はセネガルなんですって」

「ああ、道理で」

康平はケイタとアランをチラリと見て頷いた。

「ワールドカップのセネガルの監督、格好良かったもんな。あの人たちもモデルさんかと思ったよ」

二三は鮭のちゃんちゃん焼きの皿をテーブルに置くと、康平の言葉を通訳した。

「メシ・ボクー」

二人は笑顔で康平に会釈した。

「コングラチュレーション、フランス。ワールドカップ、チャンピオン！」

康平もビールのジョッキを掲げ、笑顔を向けた。

二人は二三に「日本チームも良い闘いをした。対ベルギー戦はワールドカップのベストマッチの一つだ」と伝えて欲しいと頼み、二三が通訳すると、康平はますます喜んでビールを飲み干した。

「康ちゃん、そろそろエリンギ焼けるけど、お酒、どうする？」

一子が魚焼きグリルの中を覗《のぞ》いて声をかけた。縦に裂いたエリンギを網焼きして、醬油《しょうゆ》を垂らしてバターを載せただけの簡単お摘まみだが、シャキシャキした食感とバター醬油の風味が良く合って、酒が進む一品だ。

「日高見《ひたかみ》」

酒の注文に迷いはない。自分で卸しているので、今日どんな酒があるかは二三たちより詳しいのだ。

目の前にエリンギの皿が置かれると、首を伸ばして二三に尋ねた。

「ねえ、おばちゃん、イスラム教はエリンギはＯＫだろ？」

「うん、ノープロブレム」

「じゃあ、一献差し上げる代りに、あのお兄さんたちにエリンギのグリルをお裾《すそ》分《わ》けする」

「それは、畏《おそ》れ入ります」

小皿にエリンギを取り分け、二人のテーブルへ行って説明すると、ケイタもアランも日本人のように頭を下げた。

「アリガト、ゴザイマス」

そこへガラリと戸が開いて、入ってきたのは山手《やまて》政夫《まさお》と後藤《ごとう》輝明《てるあき》の常連コンビだった。

「‼」

二人はケイタとアランの姿を目にするや、息を呑《の》んで凍り付いた。棒でも飲んだように全身が強張《こわば》っている。

「あら、いらっしゃい」

「おじさん、友達のケイタとアラン。フランスからわざわざはじめ食堂に来てくれたんだ。よろしくね」

二三と康平が軽い調子で声をかけると、二人ともやっと溜《た》めていた息を吐き出し、肩の力を抜いた。

「ああ、驚いた。入ったらいきなり外人さんだもんなあ」

「日本も変ったなあ。昔は銀座に出ないと外人は見られなかったのに」

山手と後藤は口々にぼやきながらカウンターに腰を下ろした。

「おじさん、ビールで良い？」

「ああ」

二人がはじめ食堂へ来るのは日《ひ》の出湯《でゆ》からの帰りが多く、最初の一杯は冬でも生ビールが決まりだ。

「今日のお勧めは、おじさんのとこで仕入れた戻りガツオのカルパッチョと秋鮭のちゃんちゃん焼き。飛竜頭と、舞茸の天ぷら」

「おう、全部くれ。で、今日の卵は何だ？」

「中華風。ケイタさんとアランさんも、すごく美味いって完食した」

「ほう。なかなか話の分る外人さんだ」

山手は魚政《うおまさ》の大旦那《おおだんな》だが、一番好きな食べ物は卵だ。卵好きと聞いて、見知らぬ外国人にいくらか親近感を抱いたらしい。

一子が天ぷらを揚げ始めた。ジュッと油のはぜる音に続いて、香ばしい香りがふんわりと立ち上る。

二三は天ぷらを盛った大皿をテーブルに運んだ。天つゆと大根おろしの他に藻塩も添えて、日本料理を食べ慣れている二人には無用かも知れないが「お好きな食べ方でどうぞ」と説明した。

山手と後藤は、天つゆにつけて天ぷらを食べる二人を横目で見て、感心したように呟《つぶや》いた。

「箸の使い方、上手《うま》いな」

「うちの婿なんざ、いい年して握り箸だってのに」

「外国じゃ、箸の袋に持ち方が図解入りで載ってたりして、みんなその通りに持つから、かえって握り箸とか少ないみたいだよ」

康平が舞茸の天ぷらを口に入れて言った。

ケイタとアランが天ぷらを三分の二ほど食べ終えたタイミングで、二三は尋ねた。

「如何ですか？　これからヌードルやライスを食べる余裕はありますか？」

「大丈夫です。オーダーします」

「どんな料理がありますか？」

「チキンコンソメのジャパニーズカッペリーニ（鶏《とり》出汁煮麺《にゅうめん》）、シトラス・フルーツのコールドＳＯＢＡ（すだちおろし蕎麦《そば》）、シュリンプとレタスのフライドライス（チャーハン）、ＯＮＩＧＩＲＩです」

「ＯＮＩＧＩＲＩ！」

二人は声を揃《そろ》えた。

「ソイスープは付けますか？」

「シュア！」

二三は厨房へとって返し、おにぎりの準備に掛かった。

「お姑《かあ》さん、お味噌汁二人前お願いします」

一子は目を丸くした。

「外人さんが、おにぎり食べて味噌汁飲むの？」

「この頃《ごろ》の外人さんって、日本食かなりＯＫなのよ。築地《つきじ》場外のおにぎり屋さん、外国人観光客でいっぱいだし、ラーメン屋さんや立ち食い蕎麦にも外人さん入ってるし」

「まあ、本当に、変れば変るもんだねえ」

一子はカウンターの山手と後藤の顔を見て、頷き合った。

ケイタとアランは二三の握ったタラコと葉唐辛子《はとうがらし》のおにぎり、一子の作った豆腐と若布《わかめ》の味噌汁と糠漬け《ぬかづ》を美味しそうに食べ、少しも残さなかった。

それを見ていた山手と後藤の目にも、康平と同じく好意が宿った。

二三は二人のテーブルの脇《わき》に立ち、明細を書いた注文票を差し出して「お勘定をお願いします（May I ask you for payment?）」と告げた。二人とも合計金額を見ると、明細をチェックすることもなく、それぞれ財布を取り出して半額ずつ出し合った。

「レシート（領収書）は必要ですか？」

「ノウ、サンキュー」

二人は立ち上がると、それぞれ感謝を述べた。

「ここは本当に素晴しいダイナーでした。料理が美味しく、とてもリーズナブルで、親切だった」

「ムスリムでも安心して食事が楽しめます。友人たちにも紹介したいと思います」

「よろしかったら記念に、一緒に写真を撮らせて下さい」

「それは大変光栄です」

二三は厨房を振り返った。

「お姑さん、万里君、出てらっしゃい。記念撮影しましょうって」

一子と万里が客席に出て行くと、康平が「俺が撮ってあげようか？」と声をかけた。

「ありがとう、お願い」

康平は身振りで自分が撮影する、と示した。ケイタとアランはすぐに康平にスマートフォンを手渡し、はじめ食堂のメンバーと並んでポーズを取った。

一子に向って「マダムは私が日本で出会った女性の中で一番美しい」とお世辞を言ったところは、さすがフランス人だった。

最後は康平、山手、後藤も交えて記念写真を撮り、初めての珍客は笑顔で店を後にしたのだった。


「え～、そんなイケメン二人組だったの？　残念、ひと目見たかった」

その夜、閉店後に帰宅した要は、ケイタとアランの話を聞くと悔しがった。もちろん二三は、二人が当麻清十郎とSNS友達だということは黙っていた。

「でも、俺、ほんとビックリした。おばちゃん、すごいの。英語ペラペラで、堂々として て。もう、尊敬の眼差《まなざ》し！」

「それもひと目見たかった」

缶ビール片手に飛竜頭を食べながら、要が呟いた。

「全然ペラペラじゃないわよ。日本式英語でも通じるって分ってるから、ビビらないだけ。あの二人だってネイティブじゃないし」

そう言いながらも、二三は少し高揚していた。外国人相手に接客したことで、やり手バイヤーとして海外を飛び回っていた頃の感覚がほんの少し蘇《よみがえ》り、まだ身体に残っているようだ。

「ふみちゃんはバリバリのキャリアウーマンだったんだもんねえ。それがこの店のために、会社を辞めてくれて……。今更だけど、ずいぶんもったいないことさせてしまったね」

一子のしんみりした口調に、二三はあわてて首を振った。

「お姑さん、全然そんなことないって。私、辞めて良かったと思ってる。大東デパートに私の代りは大勢いるけど、はじめ食堂の代りは何処《どこ》にもない。私の家はここしかないんだから」

きっぱり言い切ってから付け加えた。

「それに、辞め時でもあったのよ。売上げは毎年右肩下がりで、デパートの性格も変っちゃったし。それに……」

二三はフッと微笑《ほほえ》んだ。

「ここなら定年はないし、お姑さんとずっと一緒にいられるしね」

一子は無理に微笑んで、素早く目頭を拭《ぬぐ》った。長い人生の中で最愛の夫と息子を失ったが、それでも二三と要とはじめ食堂が残っている。その幸せが、涙が出るほど嬉しかったのだ。

二三も要も万里も、にぎやかに夜食をつまみ、おしゃべりに花を咲かせて、一子の涙は見ない振りをした。

「まさか、ここにムスリムのお客さんが来るなんてねえ」

「いやはや、インバウンドもここまで来ましたか」

翌日のランチタイム後半、店を訪れた三原茂之《みはらしげゆき》と野田梓《のだあずさ》は、前日の出来事を聞かされて、共に驚きの声を漏らした。

「でも、実際、これからはムスリムの訪日客は増えるでしょうね。インドネシアもマレーシアも基本イスラム教ですし、昨日のお客さんのように、ヨーロッパ移民のイスラム教徒も少なくありません」

三原は本日の日替わり定食、牛スジ肉の麻婆煮を一口食べ、大きく頷いた。

「いや、美味い。これはアイデアですね。牛スジと麻婆がこんなに合うとは」

牛スジは昨日からじっくりと水煮してあるのでとろけるように柔らかく、コラーゲンのねっとりした食感と麻婆ソースのピリ辛が絶妙に絡み合い、一度食べたら病みつきになる味だ。

ちなみに日替わりのもう一品はサーモンフライで、梓はこっちを注文した。焼き魚はホッケの開き、煮魚はサバ味噌煮。小鉢は冷や奴とマカロニサラダ。味噌汁は大根、漬け物はカブとキュウリの糠漬け。これにサラダが付いて、ご飯と味噌汁はお代わり自由で七百円。

そして本日のワンコインはすだちおろし蕎麦。茹《ゆ》でて水で締めた蕎麦に大根おろしを載せ、冷たい汁をかけてすだちを搾《しぼ》る。至ってシンプルな一品だ。

「神田のまつやで食べて、超美味しかったから真似《まね》しちゃった。ま、向こうは手打ちでこっちはスーパーの乾麺だから、似て非なるもんだけど」

時刻は一時半に近く、他にお客さんはいないので、三原と梓には小鉢で味見用にサービスした。

「いや、でも、なかなかのもんよ」

「うん。すだちの酸っぱさが大根おろしで和らいで、爽やかさが口に残ります。これもアイデアだなあ」

ツルツルと蕎麦をすすり込んだ梓が、ふと思い出したように三原を見た。

「そう言えば今朝の新聞に、帝都《ていと》ホテルがムスリム対応を始めるって出てましたけど」

「いささか遅きに失した感はありますがね」

三原は箸を置いて頷いた。

「まあ、同じムスリムでも基本的には個人差があって、完全なハラールフード以外口にしないという厳格な人もいれば、日本に来たのだから百パーセントは求めないという鷹揚《おうよう》な人もいます。しかし、いずれにしても、今まではあまりにもムスリム向けの情報提供が少なすぎました」

今やムスリムのハラール市場は六十兆円規模に増大した。東南アジアには日本に興味を持つ富裕層ムスリムが少なくないが、その多くが旅行先にタイやマレーシアを選ぶのは、日本で安心してハラールフードを食べられる店が少ないからだと言われている。

「ハラール専用の調理場を作るとか、ムスリムの調理人を雇うとか、百パーセント達成は難しいですが、ハラール料理を何種類か用意する、礼拝用に洗い場を設ける、礼拝用のキットを貸与する、その程度の対応は準備しています」

「二、三年前から、銀座でもヒジャブをかぶった女性をよく見かけるんですよ。それだけイスラム圏の観光客が増えてるんですね」

「そう言えば、私も築地に買出しに行くと、スカーフかぶってる女性をよく見かけるわ。東南アジアから来てる人たちだと思う」

築地ツアーは未《いま》だに外国人観光客に大人気だ。場内市場が豊洲へ移転した後も場外の店は残るというが、これから町はどうなるのだろうと、二三は案じている。

「ま、なるようになるさ」

万里は洗い物を片付けながら明るく言った。

「築地がどうなったって、うちの店が引っ越すわけに行かないし」

「そうそう」

一子が後を引き取った。

「あたしはそれより、世界が狭くなったんでビックリですよ。会ったこともない日本人の情報を頼りに、フランスのパリから佃へ、お客さんが来るんですからねえ」

「技術革新よね。子供の頃はダイヤル式の黒電話だったのに……」

梓も感慨深げに呟いた。

「でもさあ、こんなに便利になったのに、サンマを日本近海に呼び戻せないなんて、何かおかしいと思うわ」

「おばちゃん、まだ言ってる」

「あったり前でしょ。食い物の恨みは恐ろしいのよ」

昼下がりのはじめ食堂は、和やかな笑いに包まれた。

十月も終りに近づき、いよいよ秋の深まったある夕方、はじめ食堂は再び遠来の客を迎えることとなった。

「こんばんは！」

午後七時少し前、はじめ食堂に現れた菊川瑠美《きくかわるみ》の姿に、二三と一子を始め、店の常連客たちも目を見張った。

「まあ、先生、艶《あで》やかですね」

「パーティー帰りですか？」

「うふふ。良いでしょ？」

瑠美はニッコリ笑ってくるりと一回りした。丈の長いゆったりしたチュニックにパンツを合わせ、頭にはスカーフを巻いているのだが、色柄が華やかで、デザインはしゃれていて、スカーフもブローチを使って留めてあり、まことにファッショナブルだった。

「これね、モデストファッションって言うのよ」

瑠美はカウンターに腰を下ろし、すだちのフローズンサワーを注文した。

「モデストファッション？」

「イスラム教の女性向けのファッションよ」

またしてもムスリム！

驚くべき偶然に、一同は思わず「う〜ん」と唸《うな》った。

「ムスリムの女性は、基本、顔と手足の先しか肌を見せちゃいけないのね。それと、身体の線を強調するのもダメ。でも、その条件さえクリアすれば、いくらでもお洒落は楽しめるわけで、最近は日本の着物の生地を使ったり、スカーフ……ヒジャブって言うんだけど、巻き方を工夫したり、ものすごくお洒落度が上がってるのよ。ダナ・キャランもドルチェ&ガッバーナもユニクロも、モデストファッションに進出してるんですって」

二三と一子は目を凝らして瑠美のファッションを見つめた。

「でも、先生、そのお召し物はあたしやふみちゃんにも合いそうですね」

「露出が控えめで身体の線を強調しない服って、中高年女性のニーズは高いですよ」

「さすがお二人とも、お目が高い」

瑠美はポンと手を打った。

「そうなのよ。モデストファッション、ムスリム女性専用じゃ勿体《もったい》ないと思うわ」

「早い話が、着物だって露出が少なくて身体の線を隠す衣装だし」

「それにおばちゃん、これなら着付け習わなくても着れるでしょ」

万里の言葉に、二三は忸怩《じくじ》たる思いで頷いた。

「ところで、先生はどこでその服を買ったんですか？」

康平が飛竜頭を口に放《ほう》り込んで訊《き》いた。

「そうそう。肝心なことを忘れてた」

「先生、それよりお摘まみ、どうします？」

万里に促されて、瑠美はあわてて「お任せで」と答えた。

「ルッコラのサラダ、鮭とカブのクリーム煮、飛竜頭、牛スジカレーもあります」

「もちろん、全部いただくわ。お酒はえ〜と……」

瑠美がチラリと康平を見た。

「今日は鍋島《なべしま》がお勧めです。揚げ物にもカレーにも合いますよ」

「ありがとうございます。鍋島！」

瑠美と康平のQ&Aも、今やお約束となった。

「実は十一月にハラールフードのフェスティバルが開かれるの。私は調味料の会社から依頼を受けて、ムスリム向けのメニューを考案したんだけど、その大会、フードだけじゃなくてファッションショーもあるのね。で、メーカーの人とデザイナーが準備のために来日してて……」

同じ会場で顔を合わせているうちに、瑠美はデザイナーの女性と親しくなり、モデストファッション一式をプレゼントされたのだという。

「お礼に、西日暮里《にしにっぽり》を案内してあげることにしたの。和柄の生地が欲しいんですって」

西日暮里には繊維街があって、服やバッグを作るためのあらゆる生地と小物を売っている。しかも、小売店より安い店が多い。

「日本に観光に来て、お土産《みやげ》に買っていく女性が結構いるらしいわ」

瑠美の話に感心……というより、ほとんど呆気《あっけ》に取られて聞いていた山手と後藤は、互いの顔を見て深々と溜息を吐いた。

「自慢じゃねえが、俺は生まれてこの方、西日暮里に降りたことはねえよ」

「昔、聞き込みに行った……」

後藤は遠くを見る目になって呟いた。

「それにしても最近の外人さんは、ほんとに日本に詳しいな」

「この前の兄ちゃんたちだって、一昔前じゃ、考えられねえよ、はじめ食堂へ来るなんて」

「ちょっと見、絶対英語通じないもんね」

万里は混ぜっ返し、山手の前に玉ネギとチーズの〝フランス風オムレツ〟の皿を置いた。

「ああ、懐かしい、ルッコラのサラダ。メッシタを思い出すわ」

ルッコラだけを皿に盛り、塩と粉チーズとオリーブ油、少量のビネガーをかけてある。レタスやサラダ菜など、飾りを一切使わないのがメッシタ流だった。

瑠美はルッコラを頰張《ほおば》って目を細め、鍋島のグラスを傾けた。

「はい、鮭とカブのクリーム煮です」

万里の力作ホワイトソースの中で、鮭がピンク色の身を泳がせている。カブもまた、ホワイトソースと相性が良い。軽くソテーしたブロッコリーの緑はご愛敬《あいきよう》だ。

「鮭も偉大な魚よね。煮てよし、焼いてよし、揚げてよし、刺身も燻製《くんせい》も干しても美味。

和・洋・中、全部使えるし」

「それに先生、美容と健康に良いんでしょ、アスタキサンチン」

一子が飛竜頭を揚げながら言った。

「そうそう。おまけにお安いし……」

瑠美はそこでハタと顔を上げた。

「そうだわ。ねえ、二三さん、明日、彼女たちをここへ連れてこようかしら」

「彼女たちって、その、モデストファッションのデザイナーの方ですか？」

「ええ。デザイナーとアシスタント。日本の家庭料理が食べてみたいって言ってたから、ピッタリだわ」

瑠美はすっかり乗り気になっている。

「うちは嬉しいですけど、その方たちは大丈夫ですか？　ネットで調べたら、ハラールはすごく厳格みたいで……」

豚肉とアルコール、その由来の調味料や食品が禁じられているだけでなく、過去に豚肉を切った包丁や豚肉を盛った食器も使用してはならず、豚肉と同じ場所に保存していた食材も使用できない。

「二人ともそこまで厳密じゃないから大丈夫よ。この前お宅に来たフランス人のムスリムも喜んで帰っていったんでしょ」

ケイタとアランは、はじめ食堂にも良い想《おも》い出《で》を残してくれた。

「あの時は、お肉を使った料理を出せなかったのが心残りで。飛竜頭は是非食べさせてあげたかったんですけど」

万里がカウンターに身を乗り出した。

「先生、明日はハラール認証の肉、用意しますよ。今はネット通販でも買えるし」

「悪いわ、わざわざ……」

「良いですよ。余ったら他の料理に使えば良いんだから」

万里が言うと、山手が顔をしかめた。

「おい、その肉、普通の料理に使えるのか?」

「当たり前だよ。普通の肉だもん」

屠畜をする人がムスリムであること、完全に血を抜くことなどいくつかの規定に則って処理されるが、特別な加工を施したりはしない。

「むしろ血抜きの処理が完全にされているので、中国では〝安全肉〟と呼ばれているんですよ」

瑠美はやんわりとした口調で説明した。

「そうそう、ラム肉はほとんどハラール認証なのよ」

「えっ?」

意外なことを聞くものだ。二三も万里も山手たちも、思わず身を乗り出した。

「ラムって、だいたいニュージーランドから輸入してるでしょ。ニュージーランドは輸出用のラム肉は、ほとんど全部最初からハラール認証なんですって」

「そりゃまた、どうして？」

「ハラールとそうでない肉があると、肉によって輸出先を区別しなきゃいけないでしょ？その手間と経費を考えたら、最初から全部ハラールにした方がコスパが良いんですって。アメリカもブラジルも、肉を大量に輸出してる国はみんな、輸出用はハラールに切り替えてるそうよ」

「へえ……」

一同はただ驚きの声を漏らし、互いの顔を見合うしかなかった。それまで遠い存在だったムスリムが、自分たちの日常生活にも影響を及ぼすようになっているという事実に、改めて世界の潮流と時代の変化を感じざるをえなかった。

「そんじゃ、ジンギスカンなんか、どうすか？」

万里の脳天気な声で、一同はいきなり感慨の縁から我に返った。

「喜ぶわよ。北海道でジンギスカン食べたいって言ってたから」

二三もまた、おばちゃん的好奇心が甦《よみがえ》った。

「先生、そのモデストファッション、どこで売ってるんですか？」

「ユニクロでも買えるはずだけど、デパートも乗り気になってるみたい。来年辺り、取り扱う店も出てくるんじゃないかしら？」

「あら、嬉しい。大東デパートにショップが出来ないかしら。そしたらすぐ買いに行くんだけど」

「おばちゃん、それ着てどこ行くの？」

康平が冷やかすように訊いた。

「クラス会よ！　来年、還暦同窓会がいっぱいあるの。小・中・高と大学の同期会。何着てこうか悩んでたんだ」

「そりゃ大変だ」

万里と康平が同時に呟き、続いてプッと吹き出した。


「こんばんは！」

翌日の午後七時、瑠美は約束通り、二人のムスリム女性を伴ってはじめ食堂へやって来た。

「いらっしゃいませ！　奥のテーブルへどうぞ」

二三がカウンターの中から声をかけると、先に来ていた常連客たちは瑠美に小さく会釈して、それぞれの席に向き直った。

二人のムスリム女性は物珍しげに店内を見回していたが、やがて「ご予約席」の札を置いたテーブルに腰を下ろした。

二三がおしぼりとメニューを持って席にゆくと、瑠美が二人を紹介した。

「ミズ・ナディン・ラマダニとミズ・アシィファ・シャー。二人ともインドネシア人で、ナディンはアパレルメーカーの主任デザイナー、アシィファは彼女のアシスタント」

ナディンは四十そこそこの細面の美人で、アシィファは二十代半ばくらい、丸顔で可愛《かわい》らしい感じの女性だった。

「ルミからお宅のことを聞いて、とても楽しみにしていました」

「日本では限られたお店しか入れないので、こういう普通のダイナーで食事がしたかったんです」

「ありがとうございます。大変光栄に存じます」

二三は精一杯の感謝を表明して、飲み物を尋ねた。瑠美は生ビール、二人は日本茶を注文した。

「二人ともファッション関係だって言うけど、わりと地味だね。昨日の菊川先生の服と全然違う」

ナディンもアシィファも黒やグレーを基調にした服を着て、ヒジャブの巻き方も極めてオーソドックスだった。

「あのね、裏方はモデルさんじゃないから、みんな地味なのよ。スタイリストさんなんか黒ずくめだし。イスラム圏でも事情は同じなのね」

二三は昔を思い出し、ナディンとアシィファに親近感を抱いた。

「はい、おばちゃん」

万里が盛り付けの終わった皿をカウンターに置いた。この秋野菜の冷製ジュレ掛けは、人参・ナス・カボチャ・レンコン・パプリカ・茗荷《みょうが》を一度素揚げしてからさっと出汁に漬け、出汁のゼリーを掛けたものだ。ゼラチンは豚由来でない品を買ってきた。遠来の客のために一手間を掛けた一品は、野菜の旨味《うまみ》が濃厚に引き出され、出汁の味が適度に染みている。

「まあ、きれい！」

「彩りが素晴しいわ」

二人は歓声を上げ、まずスマホで撮影してから箸を取った。

「美味しい！」

「ジュレと野菜のマリアージュ、素晴しいわ」

次はカリフラワーのグリル。ニンニクとバターの香りが食欲をそそるのは万国共通だろう。

「旅行中、野菜不足になるといけませんので」

瑠美が二三の説明を通訳すると、二人とも「サンキュー」と微笑んだ。

「さすが二三さんだわ。後でルッコラのサラダもお願いします」

続いて秋鮭のちゃんちゃん焼きと飛竜頭を出した。今日の飛竜頭は鶏挽肉《ひきにく》抜きで銀杏《ぎんなん》を入れ、アルコール類は一切使っていない。

二人はまずスマホで撮影してから食べ始めたが、一口食べると箸が止まらない状態に突入した。「美味しい！」「デリシャス！」の台詞が飛び交う。

「ところで先生、西日暮里は如何でした？」

「大成功よ。二人とも夢中で、トランク三杯分くらい買い込んでたわ」

荷物はホテルに置いてきたという。

「インドネシアでは日本のロリータファッションが流行《はや》ってるんですって。ビックリしちゃった」

瑠美が英語で促すと、アシィファがスマホの画面を二三に見せた。髪の毛をスカーフで覆ってはいるものの、紛れもない「ゴシック・ロリータ」風ファッションの少女の画像が次々に登場する。

「まあ、可愛い！」

みんなそれぞれ工夫を凝らし、お洒落を楽しんでいる。スカーフを三つ編みにして髪の毛のように垂らしている少女もいた。

「女の子がお洒落したい気持ちは、万国共通よね」

イスラム圏に生きる少女たちが、急に身近に感じられた。生活習慣の違いはあれ、感情の機微は大差ないに違いない。

「今日、日本で買った生地を使って、新しいファッションに挑戦しようと思います」

「キモノの生地とラインは、モデストファッションの参考になりますね」

二人は飛竜頭もちゃんちゃん焼きもペロリと平らげ、皿を空にした。

「カレー豆腐でございい」

万里が新しい料理を運んできた。小ぶりの土鍋《どなべ》から湯気が立ち、カレーの匂いが漂った。肉はハラールビーフを使っている。

「カレーにトーフ?」

二人はカレー豆腐の説明を聞いて怪訝《けげん》な顔をしたが、スプーンを口に運ぶと笑顔になった。

「まあ、美味しいわあ」

「驚いた。まったく違和感ないわ」

「豆腐は万能食材ね」

二人の感想を、二三は逐一厨房の万里と一子に伝えた。その度に、万里も一子も顔に笑みが拡《ひろ》がって行く。

「さあ、本日のメイン！」

一子がオーブンから取り出したのはハンバーグだ。焼き上がった肉の香ばしい匂いに、ジュウジュウと鉄板を跳ねる音が絡みつく。

洋食屋時代から今も続く数少ないメニューの一つだった。生姜《しょうが》とニンニクのみじん切りを混ぜるのがミソで、味と香りが一段と引き立つ。今日は御法度だが、普段は日本酒をたっぷり混ぜる。

付け合わせは、普通は千切りキャベツだが、今夜は大サービスでブロッコリーと人参のグラッセにポテトサラダを添えた。

「おお、デリーシャス！」

「なんて素晴しい風味でしょう！」

料理人の心意気に感じたのか、ナディンもアシィファも、最大限の賛辞を惜しまなかった。

「ルミの推薦だから良い店だろうとは思ったけど、まさかこれほどバラエティに富んだ美味しい料理が食べられるなんて！」

「普段は日本食レストランでは和食、フレンチレストランではフレンチ、エスニックレストランではエスニックしか食べられないけど、ここは何でもあるわ。しかも、安全で美味しくてフレンドリー！」

身振り手振りを交えて、褒めてくれた。

「ありがとうございます。私たちも満足していただいて、とても嬉しいです。また日本にいらしたら、是非ご来店下さい」

そして、一呼吸置いてから尋ねた。

「あのう、伝統的なジャパニーズピラフがあるのですが、如何でしょう?」

二人は哀しげに首を振った。

「ありがとう。でも、もうお腹《なか》いっぱい」

「胃袋がもう一つあればよかったのに」

瑠美も申し訳なさそうに言った。

「もう、お腹パンパン。残念だけど諦《あきら》めるほかないわ。……ところでトラディショナル・ジャパニーズピラフって、何?」

「深川めし」

「ええっ?」

瑠美は泣きそうな声を出した。

「私、大好きなのにぃ。お宅の、刻み生姜がいっぱい入ってて」

十月はアサリの旬でもある。酒(今回は使っていない)と醤油と昆布《こんぶ》出汁でアサリの剝《む》き身を煮て、煮上がる直前に刻み生姜をたっぷり加えたら、ザルにあけて汁を切る。汁が冷めたらそれでご飯を炊き、煮たアサリを混ぜ込めば、はじめ食堂の深川めしの出来上がりだ。

いつの間にか一子がカウンターから出てきて、二三の横に並んだ。

「先生、よろしかったら先生とお客様たちに、深川めしをお土産で差し上げたいんですが。冷蔵庫にしまって、明日の朝チンして召し上がっていただければ」

瑠美はあわてて椅子から立ち上がった。

「まあ一子さん、ありがとう。それなら、ちゃんとお代払いますから……」

一子はニッコリ笑って首を振った。

「こんな小さな店に、わざわざ外国から来て下さったんですもの。うちからも一つくらい、感謝のプレゼントさせて下さい」

瑠美は感激の面持ちで胸の前で両手を握りしめた。

「お気持ち、ありがとうございます。それでは、今回はご厚意に甘えさせていただきます」

瑠美が一子の言葉を伝えると、ナディンもアシィファも立ち上がって一子に近寄った。

「マダム、あなたのご厚意に感謝します」

「マダム、あなたは姿と同じくらい、心も美しいです」

二人はそれぞれ、一子と抱擁《ほうよう》を交わした。

その後は、万里も交えて記念写真撮影会になったことは言うまでもない。

「すごいじゃん。はじめ食堂、うちの会社よりよっぽどグローバルだよ」

例によって閉店後に帰宅した要は、缶ビール片手に夜食の皿を点検しながら言った。

「今日は何か、ご馳走《ちそう》率高いね」

一子と二三は胸を張って答えた。

「万里君が張り切ってくれたからね」

「秋野菜の冷製ジュレ掛けとハンバーグは食べないと損するよ」

要は素直に箸を伸ばして料理を口に運んだ。

「……美味い。万里、もう完全にプロだね」

「今日は珍しく素直じゃん」

とは言いながら、万里も嬉しそうだ。

「で、どうする？　うち、これからハラールの看板出すの？」

「それは無理だろ。認証取るの難しいし」

「ただ、これからもムスリムのお客さんが来たら、お迎えしようと思ってる。丁寧に説明すれば分ってもらえるし」

二三の言葉に、万里も頷いた。

「相手と直接コミュニケーション取れれば、何とかなるって分った。言葉が通じなくても気持ちは伝わるって」

「万里、何か、今日はすごい立派じゃん」

それから要は真面目《まじめ》な顔で付け加えた。

「でもさあ、東京には色々なお店があるから大丈夫だろうけど、地方へ行ったら不便だよね。今は観光地じゃないとこにも、観光客が行くからね」

「ナディンさんもそう言ってたわ。日本で働いてる友達は、地方へ出張するときは、缶詰とカロリーメイト携帯していくんだって」

ムスリムにとって食物禁忌に抵触することは、単なるエラーやミステイクでは済まされない。宗教上の大問題なのだ。

「戦後間もない頃の日本もそうだったわ。お米持参でないと、旅館も泊めてくれなかったのよ」

一子が幾分懐かしそうに口にした。

「気軽に入れる食堂なんてほとんどないから、勤めに行くのも遊びに行くのも、みんな弁当持参でね。最初はフスマと芋を混ぜたパンみたいな……ほんとに不味《まず》くて、水がないと喉《のど》を通らなかった。それでも二、三年するとご飯が食べられるようになってね」

戦後の食糧難を語っても一子の口調が明るいのは、当時一子が十代で、青春のただ中にいたからだろう。

「そのうちに段々と食べ物の店が開くようになって、弁当なしでも出掛けられるようになったのよ。嬉しかったわ。一番最初に復興したのは、お蕎麦屋さんじゃなかったかしら」

神妙な顔で訊いていた万里が言った。

「じゃあ、ムスリムの人は、戦後間もない頃の日本で暮らしてるようなもんなんだね」

「近いわね。気軽に好きな店に入れないそうだから」

「すごい気の毒だけど、これは個人の努力じゃ限界があると思う。イスラム圏からの観光客の受け入れ体制をどうするか、国家規模で対応してくれないと、絶対に無理だよ」

要は腕を組み、眉間《みけん》にシワを寄せて首を振った。

「政府は宗教が絡むから、及び腰になってるのかもね。観光大国目指すんなら、今やムスリムのインバウンドは無視できないのに」

その時、店の電話が鳴った。

「誰かしら？」

二三は不審に思いながら受話器を取った。閉店後に電話が掛かってくることなど滅多にない。

「二三さん、菊川です！」

「あら、先生。先ほどは……」

「あのね、さっきナディンから電話があって、パスポートを落としたって言うのよ。悪いけど、お店の中、探してみてくれませんか？」

何処で落としたのか、ナディンもまったく記憶がないという。

「バッグに入れておいたのに、ホテルに帰って中身を確認したら、ないんですって」

「分りました。これからすぐ探して、またお電話します」

二三は受話器を置いて振り返り、手短に話を伝えた。

「そりゃ大変だ」

一子も要も万里もすぐさま席を立ち、床や机の下にそれらしきものが落ちていないか、目を皿のようにして点検したが、影も形も見つからない。

「あるわけないよ。そんなものが落ちてたら、誰かが気が付いて教えてくれるし」

万里が屈《かが》めていた腰を伸ばした。

「あの二人、今日は西日暮里でいっぱい買い物したんでしょ。きっとその時に落としたんだと思うな」

考えてみれば、はじめ食堂は瑠美の招待で、勘定も瑠美が支払った。あの二人がバッグを開いて中の物を取り出す機会はなかったはずだ。それならパスポートを落とすこともない。

「見つかると良いんだけど」

溜息交じりに一子が呟いた。

「せっかく日本に来て良い印象を持ってくれたのに。これで旅の想い出が台無しになったら、残念だわ」

二三も万里も要も、一子と同じ気持ちだった。


翌日、九時半を回って開店準備に入った直後、ガラス戸を開けて若い女性が顔を覗かせた。

「ここ、はじめ食堂ですか?」

二十歳くらいだろうか、髪の毛をピンク色に染め、化粧は濃く、ファッションは一昔前のパンク系だった。

こんな少女が何故《なぜ》開店前のはじめ食堂を訪ねてきたのか、まるで見当がつかず、二三は訝《いぶか》しんで眉《まゆ》をひそめた。

「はい、そうですけど……」

「あの、これって、この店ですよね?」

少女は革のリュックからスマホを取り出し、画面を二三に向けた。ナディンとアシィファが二三・一子・万里と並んで笑顔で写っているインスタグラムで、英語の紹介文が書いてある。

「これは昨日、ここで撮影したものですけど？」

少女の顔に安堵の色が広がった。

「ああ、良かった！　これ！」

次に少女が取り出したのはパスポートだった。広げた頁《ページ》にナディンの顔写真が載っている！

「こ、これ、どうして⁉」

「あのお客さん、うちの店で買いものしたとき、落としたんです。反物の間に挟まってたから、夜になって閉店するまで気が付かなくて」

少女の家は西日暮里の生地店だった。

「朝になったら警察に届けようと思ったんだけど、インスタ見てたら、あの人たちの投稿が載ってて。そこに〝佃のはじめダイナー〟っていう店が出てたから、店の人に訊けば泊まってるホテルが分るかなって」

二三は改めて少女の顔を見直した。ピンクの髪と派手な化粧に隠されているが、素は正直で親切な心の持ち主だった。

「パスポートなくして、きっとすごく困ってるよね。だから、警察行くより、直接ホテルに届けてあげた方が良いと思って」

「ありがとう！」

二三は思わず少女の手を握り、頭を下げた。

「彼女たち、帝都ホテルに泊まってるの。車で行けばすぐよ」

いつの間にか一子と万里も厨房から外に出てきた。

「ふみちゃん、一緒に行っておやり」

「おばちゃん、こっちは二人で大丈夫だから」

「ごめん、悪い！　すっとん飛ばしで帰ってくるから」

一子は先に立って少女を促し、魚政に駆付けた。

魚政では山手と息子が築地から仕入れた魚を車から降ろし終えたところだった。

「山手のおじさん、お願い！　帝都ホテルまで乗せてって！」

山手は二三のただならぬ表情と少女のただならぬ格好をひと目見て、緊急事態と察知してくれた。

「乗んな。事情は中で聞く」

山手は息子に「ちっと行ってくるぜ」と断り、ライトバンの運転席に乗り込んだ。

二三は後部座席に座るやいなやスマホを取り出し、瑠美に電話した。

「先生、パスポート見つかりました！　西日暮里のお店の人が見つけて、うちに届けてくれたんです。これからすぐ帝都に行きますから、ナディンさんにロビーで待つように言って下さい！」

電話を切ってから、山手に経緯を説明した。

「いやあ、ネエちゃん、感心だなあ。偉いぞ。大和撫子《やまとなでしこ》の鑑《かがみ》だ」

「おじさん、お世辞上手いね」

「お世辞じゃないぞ。ネエちゃんの髪の毛は撫子の花の色だ」

そうこうしているうちに、車はホテルに到着した。

帝都ホテルの格調高い車寄せに「魚政」と大書したライトバンが駐《と》まり、中から白い三《さん》角巾《かくきん》に白衣姿の食堂のおばちゃんと、ピンクの髪の毛のパンク少女、白いタオルのねじり鉢巻きに長靴を履いた魚屋のオヤジが飛び出してきたのだから、ドアマンもコンシェルジェもロビーの客も、呆気に取られて目を白黒させた。

「フミ〜！」

ロビーを横切り、ナディンとアシィファが駆け寄った。

「ああ、ありがとう！」

「皆さんのご親切に、心から感謝します！」

二人は二三と少女を抱擁し、山手に最敬礼をした。

「日本に来て良かったです。日本を思う時、皆さんのことを思い出します。美味しい料理、真心、親切、オモテナシ……」

ナディンは最後は涙ぐんだ。

「是非また、日本に来て下さい。お待ちしています」

少女は「日本の生地でステキな洋服を作って下さい」と言い、二三に通訳を頼んだ。

「それじゃ、私たちは仕事がありますので、これで」

慌ただしく別れを惜しみ、三人はライトバンに戻った。

「ネエちゃん、西日暮里だって？　ふみちゃんを降ろしたら送ってってやるよ」

「ありがとう。ついでにおばさん、バンに乗ってる写真、撮ってくれない？」

「〝魚政〟ってデカデカと書いてあるわよ」

「だから良いんじゃない。パトカーと救急車は乗ったことあるけど、消防車と魚屋の車は未経験なんだ」

少女は嬉しそうに笑った。

# 第四話

# 過ぎし日のカブラ蒸し

厚手の袋に入った米を一升枡《ます》で量り、円形のプラスチック容器にあけて流しに運ぶ。水道の蛇口《じゃぐち》をひねると勢いよく水がほとばしる。

冷たい。手がかじかむほどではないが、十月の水とでは明らかに温度が違う。今月の終りには、完全に〝冷たくて気持ちの良い秋の水〟から〝指先が凍りそうな冬の水〟に変っているだろう。

今朝のテレビも、神宮外苑《がいえん》の銀杏《いちょう》並木が黄葉《こうよう》を始めたというトピックスを放送していた。秋は深まり、いよいよ晩秋を迎えたのだ。もうすぐ冬の足音が聞こえてくる。

二三《ふみ》はたっぷり水を流しながら米を洗った。昔は米は〝研いで〟糠《ぬか》を落としたものだが、今は精米技術が進歩したので、洗い流すだけで十分だ。三回か四回水を替えれば、米を洗った水は濁りが取れて澄んでくる。

金属製のザルにあけて水を切ったら、釜《かま》に移す。水加減をしてタイマーを掛ける。三十分経《た》ったらガスに点火して、更に三十分で炊飯《すいはん》と蒸らしが完了する。

隣では万里《ばんり》が魚を焼く準備に入っていた。今日の焼き魚は生のサンマの塩焼き。今が旬の最後の時期だ。多分、今年の生サンマは今日が最後になるだろう。

漁獲量史上最低を記録し、各地のサンマ祭りが中止に追い込まれた去年と違って、今年は数年ぶりの豊漁だった。初めは、高かったサンマも今は一尾百円を切る値段で、それなりに大きくて脂《あぶら》の乗ったサンマが手に入った。

「今年は結構、サンマの塩焼き定食、やったなあ」

バットに並べたサンマに塩を振りながら万里が言った。塩を振って三十分ほどおき、水分と臭《くさ》みが出たところで水洗いする。ペーパータオルで水気を拭《ふ》き取り、再びサッと塩を振ってから、業務用グリルに載せて焼く。

「この一手間が、大事なんだなあ」

一回目の振り塩を終って、万里はパンパンと手をはたいた。秋のテレビで仕入れた知識を、律儀に実践しているのだ。

「偉いねえ。手間暇を惜しまないのは、料理人の鑑《かがみ》だよ」

「私、今まで、サンマは塩振ったらすぐ焼いてたわ」

一子《いちこ》と二三が感心して言うと、万里は照れながらもちょっぴり得意そうに答えた。

「そりゃ百本もあったらやんないけど、ランチのサンマ、多くても二、三十本でしょ。だったらどうってことないし」

二三も一子も、万里が働くようになってから、はじめ食堂の料理のレベルは明らかに上がったと思っている。何より、メニューの種類が豊富になった。人気の定番は変らないが、ランチの日替わり定食や夜のお勧め料理は、二三と一子ではとうてい思い付かなかったであろう料理が登場するようになった。スープ春雨、鯛茶漬《たいちゃづ》け、ワンコインランチにテイクアウト、みな万里のアイデアだ。

何より、万里が料理に情熱を燃やし、お客さんの反応に手応《てごた》えを感じ、どんどんやる気になっているのが嬉《うれ》しい。

せっかく就職した会社を「小説家になりたい」と一年で辞め、以後のバイトは何をやっても長続きしなかった、口ばっかりの万年ニート青年。今の万里にその頃《ころ》の面影はない。心なしか、責任を負って働く男の精悍《せいかん》ささえ身についてきたような……。

二三はサラダ用の野菜を刻み終え、水にさらした。こうすると野菜類はしゃっきりして食感が良くなるが、長く浸けすぎるとせっかくのビタミンが水に溶けて流れてしまう。何事も頃合いが大切だ。

タイマーが鳴った。二三はガス釜に点火すると、冷蔵庫から切干し大根の入ったタッパーを取り出し、盛り付けを始めた。一子は小鉢用のニラ玉豆腐を作っていた。万里はグリルでサンマを焼いている。三十分後、次のタイマーが鳴るまでに、全《すべ》ての調理は完了していなくてはならない。

三人はそれぞれのリズムで時の流れに寄り添い、仕事を進めてゆく。

やがてはじめ食堂に立ち上った魚の焼ける香ばしい匂《にお》い、米の炊《た》ける甘い匂い、味噌汁《みそしる》の和やかな匂い等は混じり合い、溶け合って、食堂を温かな空気で満たしていった。


「ニラ玉豆腐って、おばちゃん、贅沢《ぜいたく》！」

焼き魚定食を注文したワカイのOLは、小鉢を見るなりニンマリした。

「おまけに生サンマだし。感激よ」

「ありがとう。喜んでもらえると、頑張った甲斐《かい》あったわ」

「私、一人暮らしだからさ。家じゃ魚なんか焼かないもん。お宅がなかったら、今年もサンマ、食べらんなかったわ」

「業務用のグリルって、直火の遠火でしょ。家で焼くより絶対美味《おい》しいわよ」

四人連れのOLはここ二年ほど週に何度も来てくれる常連さんで、それぞれ一言言葉を添える。たとえ挨拶《あいさつ》代わりでも、褒め言葉は食堂で働く人間には何よりのご褒美だ。カウンターの向こうで、一子も万里も笑顔を見せている。

今日のメニューは、焼き魚定食が生サンマの塩焼き、煮魚はメカジキ、日替わりはコロッケと大根バター醬油《しょうゆ》。小鉢はニラ玉豆腐と切干し大根。味噌汁はワカメと油揚げ。漬け物は白菜。サラダはドレッシング三種類（一種類は必ずノンオイル）かけ放題。これでご飯と味噌汁お代わり自由で七百円。安くはないが高いとは言わせない手作りの味である。

他に定番としてトンカツ定食と、これだけ千円の海老《えび》フライ定食（大海老三本に自家製絶品タルタルソース付き！）がある。

そして本日のワンコインはキノコそば。キノコの美味しい今の季節にはピッタリだ。ついはずみで「百円プラスで、味噌汁をキノコそばに替えますよ」と言ったら、僕も私もと希望者続出で、二三は泡を食った。

しかし、そこはチームはじめ食堂。

「いいっすよ。毎度あり」

万里は素早く次々とお椀《わん》にキノコそばを盛り、カウンターに置いていった。

「今日はサプライズの日ね」

OLもサラリーマンも、お客さんたちは大喜びだった。

「ごめんね。余計なこと言っちゃって」

二三は小声で万里と一子に謝った。

「いいわよ。お客さんが喜んでるんだから」

「お代プラスで味噌汁を豚汁《とんじる》に替えたりとか、他の店でもやってるし。うちもありだよね」

一子も万里も少しもイヤな顔をしなかった。むしろ、新しいアイデアを喜んでいるようだ。

「と言うわけで、つい口が滑って大騒動よ。万里君とお姑《かあ》さんのお陰で事なきを得たけど」

嵐《あらし》のようなランチタイムも、午後一時を回ると一気に波が引いて行く。一時十五分過ぎにやって来たのはいつものご常連、三原茂之《みはらしげゆき》と野田梓《のだあずさ》だ。

「それはそれは。皆さん、お疲れさま」

「はじめ食堂はいつもサプライズがありますね」

梓も三原も笑顔になる。食堂の三人がその小さなハプニングを楽しんでいると、良く分っているのだ。

「あたしは、これは怪我《けが》の功名だと思ってるんですよ」

二人に熱いほうじ茶をサービスしながら、一子が言った。

「これから寒くなりますからね。熱い汁そばのメニューも多くなります。その時、百円余計にいただいて、味噌汁の代りにお出しするのは、良いアイデアです」

「万里君に言われて気が付いたの」

「特別に用意するんじゃなくて、その日のワンコインメニューなら無駄にならないし」

万里がコロッケを揚げながら言った。

油の弾《はじ》ける陽気な音と、食欲をそそる匂いにつられ、梓も三原も鼻をうごめかせたが、次には揃《そろ》って溜息《ためいき》を吐《つ》いた。

二人は今年最後というキャッチフレーズに惹かれ、生サンマの塩焼きを頼んでいたのだ。

「十年前なら、焼き魚定食とコロッケ単品頼んでも大丈夫だったんだけど……」

「諸葛孔明《しよかつこうめい》は『泣いて馬謖《ばしよく》を斬《き》る』ですが、私は泣いてコロッケを斬《ひ》る心境ですよ」

「なんすか、それ？」

万里はキョトンとして三原を見た。梓が代って答えた。

「『三国志《さんごくし》』よ。軍律のために泣く泣く腹心の部下を処刑したお話。知らない？」

「全然」

これには万里以外はみな、呆《あき》れて顔を見合わせてしまった。自称とは言え小説家志望で、両親は教師だというのに。

「ま、とにかく、どうぞ」

万里はカウンターから出て、三原と梓のテーブルに小皿を置いた。プレーンとカレー味、二種類のコロッケが半分ずつセットで載っている。新しい料理や珍しい料理がメニューにあるとき、二人にはこうして「おまけ」するのが常だった。

「あらあ、嬉しい」

「いつもすみませんねえ」

二人ともパッと顔を輝かせた。

「とんでもない。いつもご贔屓《ひいき》に、ありがとうございます」

二三がはじめ食堂を代表して言った。

梓は三十数年、三原は十数年前からほとんど毎日通ってくれる常連中の常連であり、これまで数々の助言で助けられた経緯《いきさつ》もある。しかも二人の来店する時間帯、他のお客さんはほとんどいないので、特別サービスをしても不快感を与える恐れはない。

「このニラ玉豆腐も美味しい。小鉢で出てくると贅沢感あるわ」

「いつかの餡《あん》かけ豆腐もおつでしたが、これも良いですねえ」

一子が二三と万里を交互に見て微笑《ほほえ》んだ。二三は声には出さず「やったね！」と合図を送った。

豆腐とニラを出汁《だし》で煮て溶き卵でとじた簡単な料理だが、サイドメニューとしての貫禄《かんろく》は充分だ。材料費は高くないのに、出来上がりには贅沢感が漂っている。

「今度、茶碗蒸《ちゃわんむ》しもやろうと思うんですよ」

「茶碗蒸し？　ふみちゃん、経費が掛かるんじゃないの？」

「大丈夫。松茸《まつたけ》入れるわけじゃないし」

「何しろ卵は物価の優等生ですから」

一子も後から口を添えた。

茶碗蒸しの基本は出汁百五十ミリに卵一個の割合なので、卵一個で二杯分が作れる。中に入れる具材次第で、かなり費用を抑えられるのだ。

「うちは大型の蒸し器もあるし、やってみようと思って」

「良いなあ。あったかい茶碗蒸し、食べたい」

梓が胸の前で両手をギュッと握りしめた。

「スーパーやコンビニでも売ってるけど、やっぱ、違うのよねえ」

三原はきれいに骨だけ残してサンマを平らげ、満足そうに目を細めた。

「まあ、これから寒くなりますが、はじめ食堂でいろんな美味しい物が食べられると思うと、楽しみですよ」

三原と梓が二時十分前に店を出ると、入れ替わりに入ってきたのはメイ・モニカ・ジョリーンのニューハーフ三人組だ。

「今日は今年最後のサンマ祭りね！」

「おまけにコロッケだし、盆と正月って感じ！」

「それに何、ニラ玉豆腐って、どんだけ～！」

いつものように大袈裟《おおげさ》に騒ぎながら、二三と一子を手伝って料理を盛り付け、手早くテーブルに皿を並べた。夜に回せない料理はサービスで振る舞うので、万里と座る四人のテーブルは焼きサンマ、コロッケ、大根バター醤油、キノコそばと満艦飾《まんかんしょく》である。

「ちょっと主役を取られた感があるけど、あたし、この大根バター醤油、大ファンよ」

ジョリーンはご飯に大根バター醤油を載せて頬張《ほおば》った。

「お目が高いわ。これから白い野菜が美味しくなるんですよ」

大根おろしにレモンを絞って、一子が言った。

「白い野菜って、大根、白菜、ネギ……」

料理好きのメイが指を折り、首を傾《かし》げた。

「レンコン、長芋、ゆり根、カリフラワー。カブも今がちょうど秋物の旬なのよ」

「ああ、これからも美味しい物がいっぱいあるのねえ」

コロッケを口に入れたモニカがうっとりと目を閉じた。

「でも、何と言ってもこれからのはじめ食堂のエースは、牡蠣《かき》フライよ」

サンマの身を骨から剝《は》がしながら、二三は力強く宣言した。

はじめ食堂の牡蠣フライは、晩秋から冬の間しか登場しない。特大サイズ五個付けの内訳は、中小の牡蠣を合体させて衣を着けるというものだ。だから嚙《か》むと衣はサクッ、中身はふっくら、温かな海のジュースが口に広がり、一度食べたら病みつきになる美味しさだ。

「そうよね、忘れてた！」

「こちらの牡蠣フライ、サイコー！」

「手作りタルタルソースがまた、たまらない美味しさ！」

ニューハーフ三人の乗りの良さに、二三も一子も嬉しくなる。

「牡蠣フライの日はお知らせするから、是非来てね」

「もちろん！」

「雨が降ろうと槍《やり》が降ろうと！」

「地震と台風が一緒に来ても行っちゃうわよ！」

「ジョリーンなら、絶対に来そう」

「やだ、万里君、いじわる！」

ジョリーンは逞《たくま》しい身体《からだ》をくねらせて、ぶつ真似《まね》をした。


「俺は去年食べた牡蠣豆腐も牡蠣のクリーム煮も牡蠣と豆腐のオイスターソース炒《いた》めも美《う》味《ま》いと思うけど、やっぱ本命は、牡蠣フライだな」

お通しのニラ玉豆腐の汁をズズッと啜《すす》り終えて、辰浪康平《たつなみこうへい》は言った。酒はニラ玉豆腐に敬意を表して、國権《こっけん》のぬる燗《かん》を注文した。今日も夜の部の口開けの客となり、カウンターに陣取っている。

「実はあたしもそうなの」

カウンターの端の椅子《いす》に腰掛けた一子が相槌《あいづち》を打つ。

「洋食屋時代はコキールもやってたけど、やっぱり牡蠣フライに敵《かな》う料理はないと思ったわ。何というか、素材と調理の相性がピッタリなの」

「牡蠣フライ発明した人、天才だよね」

康平はふろふき大根に箸《はし》を入れた。グリルからはサンマの焼ける匂いが漂ってきた。コロッケはすでに注文してある。

「こんなの作ったけど、食べてみる？」

万里がカウンター越しにガラスの小鉢を置いた。中身は白とオレンジの色彩も美しい野菜料理。

「カブと柿のなます。酢の物って言うより、フルーツポンチっぽいかな」

康平は素直にひと匙《さじ》口に運び、ふんふんと頷《うなず》いた。

「味は悪くないよ。酒の途中の箸休めに良いかもしれない」

これはカブを薄切りにして少し塩を振り、水が出たら絞って器に入れ、やはり薄切りにした柿と混ぜ、砂糖と柚《ゆず》の絞り汁で和《あ》える。柿とカブの甘さ、柔らかな食感、柚の香りも爽《さわ》やかな甘酸っぱさで、大根と人参《にんじん》のなますと見た目は似ているが、食べるとまるで違う。やはり酢の物と言うよりはデザートに近い。

「最近は女のお客さんも増えてるし、喜ぶんじゃないかなあ……」

康平は途中で何か思い出したように、一度口を閉じてから先を続けた。

「ランチで試してみれば？　ＯＬさん、多いんでしょ」

「それなんだけどねえ」

一子は二三と万里の顔を見回した。

「ランチのお客さんはご飯を食べに来るわけだから、おかずにならないものはどうかと思って」

「デザート代りって言えば？」

「そうすると、男のお客さんはどうなのかしら？」

今度は二三が思案顔になった。

「やってみれば？　最近は男もスイーツ好き、増えたよ」

万里がニヤッと笑って、ぐいと親指を立てた。

「やっぱ、康平さんに相談して良かったよ。ね、おばちゃん」

二三と一子を交互に見て、きっぱりと言う。

「はじめ食堂の精神は、何でもやってみる。ダメだったら止《や》める。これでやって来たんだもん。一回、試してみようよ」

二三と一子は互いの顔を見合わせた。万里の宣言で、どちらも少し気分が軽くなっていた。

「お姑さん、やってみよう」

「そうね。ダメだったらよせば良いんだもの」

ちょうどそこへ、山手《やまて》政夫《まさお》と後藤輝明《ごとうてるあき》が現れた。

「いらっしゃい。本日のお勧めはふろふき大根、カリフラワーのガーリック焼き、コロッケ。それとおじさんに仕入れてもらったサンマの塩焼きです」

「おう、全部くれ。それと、生ビール二つ」

山手はカウンターに腰を下ろし、出されたお通しを見て目を細めた。親の代からの魚屋だが、一番の好物は卵なのだ。

「おじさん、卵、どうする？　お通し多めに出しても良いし、別に作っても良いけど」

万里が尋ねると、山手は間髪を入れずに答えた。

「もらうぜ。俺が本日の卵料理を注文しないことがあるかって」

「今日はコンビーフオムレツ」

「アメリカンだな。ＯＫ、ＯＫ」

後藤はカブと柿のなますに箸を伸ばし、不思議そうな顔をした。

「いつぞやのイチジクとチーズと言い、ここは変ったもんが出てくるな」

「お味、如何《いかが》でしょう？」

二三はふろふき大根の皿を二人の前に置いた。

「悪くないですよ。酒の途中でつまむと、味が変って良いかもしれない。甘酸っぱいつまみって、ないですから」

「ああ、良かった。男性陣にも好評で、自信が付きました」

康平に焼き上がったサンマが運ばれると、一子は椅子から立ち上がり、油鍋《あぶらなべ》の前に移動した。

「康ちゃん、これからコロッケを揚げるけど、シメはどうする？」

「そうだなあ……」

「ご飯ものは、今日はおにぎりとお茶漬けだけど、良かったらキノコそばも出来るわよ」

「じゃあ、それにする。季節だし。あ、量は少なめで」

康平の返事に、山手と後藤も敏感に反応した。

「俺たちも、シメはキノコそば」

「キノコもそばも、健康に良いんだ」

後藤は誰にともなく言って、一人で頷いた。

やがて次々に新しいお客さんが入ってきて、はじめ食堂は混み始めた。

「ごちそうさま。また明日」

「ごちそうさん。美味かったよ」

「ごちそうさまでした」

料理を食べ終えた康平、山手、後藤は気を利かせて席を立った。店が立て込むと長居せずにサッと席を空けてくれるのは、この三人に限らない。はじめ食堂のご常連さん共通の心意気だ。

「こんばんは」

三人が帰って五分もしないうちに店に現れたのは、菊川瑠美《きくかわるみ》だった。満席状態の店内を見回して、入るのをためらっている。

「先生、カウンターへどうぞ」

二三が声をかけると、瑠美は小さく頭を下げて入ってきた。

「すみません……」

「先生、今日のお勧めはふろふき大根と生サンマ塩焼き、コロッケ、カリフラワーのガーリック焼きです。ビタミンたっぷりの新メニューもありますよ！」

万里がカウンター越しに声をかけると、瑠美は何故《なぜ》か戸惑ったような表情を浮かべたが、すぐに気を取り直したらしく、笑顔を見せた。

「じゃあ、それ、全部いただくわ。あ、飲み物は柚のフローズンサワーで」

「へい、まいど。それと、今日はお酒は國権のぬる燗がお勧めだって、康平さんから伝言です」

「ありがとう」

そつなく返事をしたものの、明らかに声が沈んでいた。

いつもの瑠美ははじめ食堂に来ると、美味しい物を食べられる喜びに心を弾ませていた。

大人気の料理研究家である瑠美は、忙しくて自宅で料理をする暇がないという。だから「普通の美味しいご飯」が食べられるはじめ食堂を、楽しんでくれるのだ。

二三と一子は瑠美の常とは違う様子をすぐに感じ取った。心労を抱えているのだろうか、表情が暗い。

「先生、今夜はお疲れみたいだから、そっとしといてあげよう」

二三はカウンターに入ったとき、素早く万里に耳打ちした。万里もさすがに気が付いたようで、黙って頷いた。

今夜の瑠美はピッチが速く、一時間もしないうちに國権を三合も空にした。その割りに、食は全然進まず、注文した料理にもほとんど箸を付けない。

先生、これじゃ悪酔いしちゃうのに……。

二三は傍《はた》で見ていてハラハラした。一子も万里も、思いは同じだが、こういうときに下手に声をかけると、逆効果になりかねない。

「すみません。お勘定してください」

「はい、ありがとうございます」

二三はいつもと同じく明るい声で返事した。

「先生、お料理、お土産《みやげ》にしますからお持ち帰りください」

「……悪いわ」

「何を仰《おつしや》いますか。お代はいただいてるんですから、ご遠慮なく」

そんな会話の間に、一子と万里は残った料理をパックに詰めた。

「今日は、すみませんでした。気分が落ち込んじゃって……」

二三は笑顔で首を振った。

「お一人で立派なお仕事なさってるんですもの。辛《つら》いことだってありますよ。気にしない、気にしない」

瑠美が小さく頭を下げた。顔を上げたとき、その目が潤んでいるのを見て、二三は胸が疼《うず》いた。

どんな辛いことがあっても、私には要《かなめ》とお姑さんがいる。でも、先生は一人なんだ……。

誰《だれ》だって、困難は自分一人の力で乗り越えなくてはならない。だが、自分と共に喜び、自分と共に悲しんでくれる人がそばにいるのといないのとでは、精神的な負担は大きく違うだろう。

二三は瑠美の強さの裏に隠された孤独の深さに思いを致し、同情を禁じ得なかった。

その夜、例によって閉店後に帰宅した要は、二三たちから瑠美の様子を聞くと、眉《まゆ》をひそめて頷いた。

「……やっぱり」

「実はね、私の後で菊川先生の担当になった子が教えてくれたんだけど……」

要は西方《さいほう》出版という小さな出版社に勤めている。今年文芸書籍の編集部に異動するまで実用書の編集部にいて、菊川瑠美の担当だった。何しろ小さな会社なので、自然と情報は入ってくる。

「菊川先生、先週、うちの『マンスリー・アイ』の企画で、太田黒司《おおたぐろつかさ》と対談したのよ」

「誰、その人？」

「おばちゃん、知らない？　開店した翌年にミシュランで星獲《と》った天才シェフ」

聞き覚えのない名前に、二三は思わず一子を見た。一子も物問いたげな顔で首をひねっている。

「ベルドゥジュールって店のオーナーシェフ。六本木にあるの。まだ三十二歳なんだって。天才よね」

要の説明を聞いても、今ひとつピンとこない。六本木にも長いことご無沙汰《ぶさた》だし、舌を嚙みそうな店の名前も聞き覚えがない。

「ベルドゥジュールはフランス語で〝昼顔〟って意味」

「芸能人やセレブが詰めかけて、大変なんだってさ。予約取れなくて、すきやばし次郎《じろう》と良い勝負らしいよ」

太田黒司がスター級の人気シェフだと言うことは分かった。

「で、その人と、菊川先生が落ち込んでるのと、どんな関係があるの？」

「菊川先生、太田黒さんから結構辛らつに批判されちゃったのよねえ」

「えっ？　対談で？」

「さすがに、それはない。対談そのものは普通に進行して、つつがなく終ったらしいよ」

要はそこで顔をしかめた。

「ただ、その後、太田黒さんが自分のブログにあれこれ書いたのよ。『料理研究家と称する人々は店舗を持たず、新奇なレシピを次々と考案しては、教室に生徒を集めて料理を教えている。中にはまともな料理修業をしたことのない人間もいる。そのような連中を自分は同じ料理人とは思っていない』みたいな」

「あらら」

「それ、どう考えても菊川先生のことだもん。先生は調理学校出てないのよね。ＯＬやりながら日本各地、世界各国の美味しい物食べ歩いて、料理好きが高じてプロの料理研究家になっちゃった人だから」

これには二三も一子も万里もムッとした。

「それのどこがいけないの？　現に菊川先生のレシピ本、売れてるじゃない。うちだって使ってるし」

「それにこの三人の中で、調理学校出た人は一人もいないよ。それでもお客さんは来て下さる」

「そもそも太田黒自身が、自分が成功したのは調理学校で料理を習ったからじゃなくて、自分で努力して味覚を磨いたからだって、どっかのインタビューで言ってたぜ」

「いや、いや、皆さん。私は菊川先生の味方ですから」

要は両手の平を下に向け「抑えて、抑えて」のゼスチャーをした。

「ただ、菊川先生としては、太田黒シェフみたいな人に『調理学校も出てないくせに』って批判されると、やっぱり傷つくと思うのよね。料理人としては向こうが上のわけだし」

二三は腕組みをして宙を睨《にら》んだ。

「私、そういう比べ方って、ちょっと違うように思うな。料理人と料理研究家って、立ってる土俵《どひょう》が違うもん」

「あたしもそう思う。料理を作る人と料理を考え出す人は、分けて考える方が良いんじゃないかねえ」

「そのシェフは料理の腕前を売ってる人で、菊川先生はご自分の考え出したレシピで売ってる人なのよ。だから、菊川先生の作る料理がシェフより不味《まず》くたって、全然問題ないと思うわ」

二三と一子の言葉を聞いていた万里が、ポンと手を打った。

「それ、それ。ミステリーで言うと、密室トリックと時刻表トリックの違いだよ」

万里の口から飛び出した予想外の台詞《せりふ》に、女性陣三人は呆気《あっけ》に取られ、二三と一子は箸を、要は缶ビールを持つ手を、宙に浮かせたまま動きを止めてしまった。

「泡坂妻夫《あわさかつまお》の受け売りだけどさあ、密室のトリックって、論理的に可能であれば、成功率が何百万分の一でもOKなんだって。つまり密室トリックは手品のネタである、と。例えばいくらネタが分っても、素人に熟練のマジシャンと同じ手品は出来ないでしょ。それと一緒で、別の人間が犯人と同じトリックを使っても密室が作れるとは限らない。それで良いんだって」

万里はそこで一度言葉を切ると三人の顔をぐるりと見回し、話の内容を理解していることを確認してから先を続けた。

「で、時刻表のトリックは手品の解説書である、と。解説書っていうのは、読んだ人が同じ手品を再現できないとダメなんだって。つまり、時刻表は日本全国共通だから、誰でも犯人と同じトリックが再現できるはずで、小説では十分置きに来る電車が、実際は三十分置きに運行してるなんてのはダメなんだって」

万里はそこで、もう一度三人の顔を見回した。

「何が言いたいかというと、シェフの料理は密室で、菊川先生は時刻表のわけ。どっちもトリックとしては難易度高いけど、優劣は付けられないってこと」

要は缶ビールをグビリと飲んで、大きく頷いた。

「分りにくいけど、何となく分った」

「その天才シェフは、みんなと同じ食材を使って同じレシピで作っても、誰にも真似出来ないレベルの美味しさを生み出せるんでしょう。菊川先生は、同じ材料を使って同じレシピで作れば、誰でも同じ味の料理が出来上がる、そういうレシピを考えてるわけよね」

「あたしはどっちも同じくらい大事な仕事だと思うよ。天才シェフの料理は美味しいだろうけど、毎日食べるのは無理だものねえ」

要はパチンと指を鳴らした。

「ねえ、今みたいな話、今度菊川先生が見えたら言ってあげなよ」

「お前が言った方が良いんじゃない？　もと担当だし」

要は残念そうに顔をしかめた。

「私じゃ説得力ないもん。お母さんとお祖母《ばあ》ちゃんが話してあげたら、きっと先生、安心するよ」

万里は腕を組み、感心したように要を眺めた。

「お前も進歩したな。自分の分をわきまえるようになったか」

「あんたに言われたくないよ」

こうして、はじめ食堂の夜はいつものように、和やかに更《ふ》けていった。

翌日の夜、はじめ食堂にやって来た瑠美は、黒板に書かれた「本日のお勧め料理」を見ると、ハッと目を見張り、しばし言葉を失った。

「季節の食材を使った、美味しい料理ばっかりですよ！」

柿と生ハムのオードブル、里芋とホウレン草の辛子《からし》マヨネーズ、サバのマスタード揚げ、キノコとカボチャのグラタン、根菜スープカレー。全て瑠美のレシピで作ったものだ。

「どれも美味しくて、簡単で、お金が掛からなくて、うちにピッタリです」

「ちょっとこじゃれ過ぎかなって思うけど、たまにはこういうのもありで」

二三と万里が交互に言うと、先に来ていた康平、山手、後藤も次々に声を上げた。

「初めてのメニューばかりだけど、食べてみたらどれも美味しいですね」

「柿と生ハムが合うなんて、喰《く》ってみるまで知らなかったよ」

「材料の組み合わせで、新しい味になるんですね。ビックリしました」

「みなさん……」

一子がカウンターから出てきて、瑠美に椅子を勧めた。

「さあ、先生、お座り下さい。たまにはゆっくり、ご自分の考えた料理を味わって下さいな。どれもとても美味しいですよ」

瑠美は小さく頭を下げ、椅子に腰を下ろした。頭を上げたときは、いつもの笑顔が戻っていた。

「ありがとうございます。それじゃ、取り敢《あ》えずビールで！」

十一月も下旬に入り、日が落ちるのが一段と早くなった。風の音も木の葉の色も秋の初めとは違ってきて、いよいよ冬の到来を感じさせた。

そんなある日の夕暮れ時、店を開ける早々、まだ康平も顔を出さないうちから、少女が一人でフラリとはじめ食堂に入ってきた。学校帰りらしく、制服姿で通学用の鞄《かばん》を提げている。年齢は十四〜十六歳くらいだろう。美少女という言葉が人間になって現れたような美貌《びぼう》だった。

「はい？」

二三はてっきり道でも訊《き》きたいのかと思い、声をかけた。

少女はその場でぐるりと店内を見回してから言った。

「一人ですけど、よろしいですか？」

「あ、はい」

返事をするまで一瞬、間があった。まさか学校帰りの十代半ばの女の子が、一人で来店するとは思っていなかった。

でも、うちは食事も出してるし、お酒を吞《の》まないお客さんだっているわけだから……。

二三は気を取り直し、笑顔になって少女にメニューを渡した。

「それと、こちらが本日のお勧めになります」

二三は黒板を持ち上げて少女に見せた。メニューを眺めていた少女の目が、キラリと光った。

「あ、カブラ蒸しがある」

二三はニッコリ微笑んだ。カブラ蒸しは本日の目玉料理で、万里が腕を振るったのだ。

「お好きですか？」

少女はこくんと頷いた。

「お嬢さんみたいな若い人がカブラ蒸しが好きなんて、嬉しくなっちゃう。きっとお母さんが料理が上手なんですね」

少女は首を振った。

「ママじゃない。お祖母ちゃんの得意料理」

「ステキなお祖母ちゃんですね」

少女は黙って頷いたが、明らかに嬉しそうだった。再びメニューに目を落とし、上から順番に見ているようだが、なかなか注文が決まらない。酒のつまみ類が多いからだろう。

「もしお食事なら、煮魚、トンカツ、チキン南蛮、海老フライが定食でありますよ。それとチャーハン、オムライスも出来ます」

少女の目が再びキラリと光った。

「オムライス！　それと、カブラ蒸し下さい」

「はい、ありがとうございます」

それにしても何という美しさだろうと、カウンターに引っ込んでからも、二三は溜息が出そうになった。

太い眉と濃い睫毛《まつげ》に縁取《ふちど》られた大きな瞳《ひとみ》が印象的だ。色はやや浅黒いが、今時の子らしく顔が小さくて手足が長い。身長は百六十二〜三センチ。まだ若いから、あと数センチは伸びるかも知れない。

オードリー・ヘップバーンにちょっと似てるかな。国民的美少女コンテストに応募すれば、入賞間違いなしだわ。

後ろを振り返ると、カウンターの中から一子が食い入るように少女を見つめていた。信じられないものを見たような顔つきだ。

お姑さん？

二三の横では蒸し器が湯気を立てていた。いつも開店直後にやって来る康平のために、気を利かせてカブラ蒸しを先に蒸していたのだ。二三は新たにカブラ蒸しの器を一つ、蒸し器に入れた。

カブラ蒸しは摺《す》り下ろしたカブで下味を付けた具材を覆い、蒸し上げて出汁の餡を掛けた料理だ。具材の数だけバリエーションがある。

はじめ食堂では焼き穴子《あなご》を使う。焼き穴子なら予《あらかじ》め味が付いていて簡単だし、適度な脂肪分でカブの旨味《うまみ》が引き立つ。万里が頑張ってカブを摺り下ろしただけでなく、卵の白身をメレンゲ状に泡立てて混ぜたので、口当たりも滑らかになった。仕上げには出汁で作った餡を掛け、山葵《わさび》を載せる。二三と一子は試食して「料亭の味！」と絶賛した。

「おばちゃん、あの制服、白樺《しらかば》女子学院だよ」

玉ネギと鶏肉《とりにく》を炒めながら、万里が二三に耳打ちした。

「まあ」

白樺女子学院は有名なお嬢様学校で、幼稚園から大学まで擁する一貫校だ。当然、校則も厳しいだろう。

「あの子、一人でこんな店に入って大丈夫なのかしら？」

「こんなはないでしょう、自分の店を」

「そりゃそうだけど、校則違反で怒られたら、可哀想《かわいそう》じゃない」

それに、どうひいき目に見ても、はじめ食堂は白樺女子学院の生徒がフラリと立ち寄るような店ではない。

あの子、どうしてうちに来たのかしら？

「こんちは〜」

その時、ガラス戸を開けて康平が入ってきた。

「あれ……」

テーブル席の少女を見て目を丸くしたが、そのままカウンターに腰を下ろした。

「いらっしゃい」

二三がおしぼりを出すと、康平はそっと後ろを振り返って小声で尋ねた。

「家族と待ち合わせ？」

「それが、一人なの」

康平がもう一度目を丸くした。二三と同じことを考えたのは明らかだった。

「おまちどおさま」

一子がカブラ蒸しをテーブルに運んでいった。

少女は大きな目でカブラ蒸しと一子をじっと眺めてから、木製のスプーンを取った。

「お味は如何ですか？」

カブラ蒸しが三分の一になった頃、一子が優しい声で訊いた。

「美味しい。ここのは、穴子なのね」

「はい。お嬢さんのお宅では何を入れるんですか？」

「海老とゆり根と銀杏」

「まあ、季節感がたっぷり。それに手が込んでます。お祖母様は料理に手間を惜しまない方なんですね」

少女がニコッと笑った。嬉しそうであり、どこか得意そうでもあった。自慢の宝物を褒められた子供のように。

「へい、オムライス完成！」

万里がフライパンを傾け、ミディアムレアのオムレツをチキンライスの上に載せた。

「どうぞ」

一子が皿を運んでいくと、少女は幾分疑わしそうな目で、湯気を立てるオムライスを見下ろした。

「これ、タンポポオムライスでしょ？　昔のはないの？」

一子は微笑みながらゆっくりと首を振った。

「うちは昭和四十年からずっと、このオムライスなんですよ。ご常連のお客さんのアイデアで作ったのが始まりです」

「そう」

少女は銀のスプーンをオムレツの中央に入れ、横に引っ張った。オムレツは見事に割れ、黄色い溶岩のように流れ出して、薄赤いチキンライスを覆い隠していった。

「美味しい……」

オムライスを口に入れた少女が、溜息交じりに呟《つぶや》いた。それから銀のスプーンはリズミカルに少女と皿の間を往復した。箸、いやスプーンが止まらない状態に突入したらしい。

その様子を目にして、一子はカウンターの中に戻ってきた。その目が心なしか潤んでいる。

二三は「どうかした？」と訊こうとして咄嗟《とっさ》に思い止《とど》まった。何故か今、そのことに触れてはいけないような気がした。

「ごちそうさまでした。おいくらですか？」

カブラ蒸しとオムライスをきれいに平らげて、少女は席を立ち、レジの前に来た。

釣り銭を渡してから、二三は訊いてみた。

「お嬢さん、どうしてこの店に来て下さったの？」

少女は黙ってじっと二三の目を見返した。質問の真意を問うているようだ。

「あの、うちはお洒落《しゃれ》なレストランじゃないし、古い食堂兼居酒屋でしょ。だからお嬢さんみたいな若い人が来てくれたのが、不思議でね。もしかして、どなたかお知り合いの方がいらしたことあるのかしら？」

少女はまたしても首を振った。

「あらあ、そうなんだ」

「でも、見たことはある」

「え？」

「お祖母ちゃんに連れられて、遠くから。店の前を通ったこともある。幼稚園のときから、毎年、今くらいの時期に」

「まあ……」

遠くから見たり、前を通ったりしながら一度も店に入ったことがないというのは、いったい何故だろう?

二三が戸惑っている間に、少女は店を出て行った。

「変った子だね」

カブラ蒸しに舌鼓《したつづみ》を打っていた康平が、二三に言った。

「白樺の制服着てなかったら、新手のＪＫビジネスかと思うよ」

「何、それ?」

「女子高校生の接客サービスビジネス。お金払って一緒に散歩したり、カラオケ行ったり。ときには膝枕《ひざまくら》とか耳かきとかハグとかもしてくれるらしい」

「取り締まりが厳しいから下火になったけど、二、三年前まで結構盛んだったよ。俺、秋葉原で何度も客引きにあったし」

レンコンの挟み揚げを揚げながら、万里が説明を加えた。

「早い話が、援助交際?」

「ざっくり言えばね。女子高生に金払ってサービスしてもらうわけだから」

「今は本物の女子高生はほとんどいないって。学校卒業した十八歳が制服着てるとか。康平さん、抹茶塩《まっちゃ》でどうぞ」

万里がレンコンの挟み揚げの皿をカウンターに置いた。

皮を剝いて輪切りにしたレンコンで豚の挽肉《ひきにく》を挟み、小麦粉を糊《のり》の代わりに振って揚げる。シンプルな料理だが季節のレンコンの美味しさと歯触りを楽しめ、おかずにも酒の肴《さかな》にもよく合う。

「ああ、やっぱりこれは塩が合うな」

康平が熱々の挟み揚げを嚙《かじ》って「ハフハフ」言っていると、山手と後藤が入ってきた。

「レンコンの挟み揚げか？」

「熱そうだな」

二人は早速康平の前に並んだ料理に目を留めた。

「おじさん、後藤さん、今日は絶対にカブラ蒸しと挟み揚げ食べないと、損するよ」

「損してたまるかってんだ。くれ」

「それと、ホウレン草と鮭《さけ》のグラタン。鮭は魚政《うおまさ》、ホワイトソースは俺の手製だから、美味いよ」

「それもだ。ついでに、本日の卵は何処《どこ》製だ？」

「グラタンに茹《ゆ》で卵載っけようと思うんだけど、それでどう？」

「ふん。今日はこれくらいにしといてやるか」

康平はニヤニヤしながら二人の遣《や》り取《と》りを眺めている。何のかんのと言いながら、山手も後藤も、康平の注文する料理と酒をトレースしてしまう。

「おじさん、グラタンには鯉川《こいかわ》がお勧めだよ。バターを使った料理に合うから」

グラスを掲げてみせると、山手も後藤もすっかり呑む気満々だ。

「こんばんは～」

そこに現れたのは菊川瑠美だ。いつぞやの意気消沈はすっかり吹っ切れ、明るく元気な姿を取り戻している。

「あら、カブラ蒸しとレンコンの挟み揚げ？　良いわねえ」

「グラタンも如何ですか？　ホウレン草と鮭ですよ」

「美容と健康の素じゃないの。いただくわ」

おしぼりで手をふきながら「取り敢えずビール」を注文した。

「二三さん、私、先週、卒業した高校で講演したんだけど」

お通しのポテトサラダに箸を伸ばし、楽しそうに言った。

「ビックリしちゃった。都立なのに、いつの間にか中高一貫校になってるの」

「確か、都立でも中高一貫校が出来たって聞きました。もうずっと前ですけど」

「私、全然知らなくて。それに、女子の制服が全然変ってるの。私たちのときはダサいジャンパースカートだったのに、可愛《かわい》いチェックのスカートとグレーのブレザー！　もう、うらやましくって」

制服のスカートは紺地で、中学生はピンクのチェック、高校生はブルーのチェックだという。

「でも、もっと良い見分け方があって、スカートの長さ。中学生は膝下《ひざした》だけど、高校になるといきなり膝上二十センチ……」

瑠美はその光景を思い出したのか、笑いをかみ殺した。

「中学は校則で膝上厳禁なんですって。だから高校になると、一気に短くするらしいわ」

「制服って言えば、夕方、白樺女子学院の生徒が来ましたよ」

鯉川のグラスを置いて、康平が言った。

「へえ。ご両親に連れられて？」

「それが一人で。明らかに学校帰り」

「まあ。それは珍しいわね」

「でしょ？　ここは女子中学生や女子高校生が一人で来るような店じゃないのに」

「どんな子だった？」

尋ねたのは山手だった。

「すごい美少女。ちょっとオードリー・ヘップバーンに似てた」

山手と後藤は共に目を宙に彷徨《さまよ》わせた。ヘップバーンの顔を思い浮かべているらしい。

「そう言えば昔、月島《つきしま》にオードリー・ヘップバーンがいたなあ」

山手が言うと、康平は鯉川にむせた。

「なんだよ、それ？」

「いや、ここのいっちゃんと同じさ。佃島《つくだじま》の岸恵子《きしけいこ》だろ。それで月島のヘップバーン」

「知らないなあ」

後藤が呟くと、山手は軽く一蹴《いっしゅう》した。

「お前は警察学校へ行って、地元にいなかっただろうが」

山手は懐かしそうに目を細めた。

「喫茶店のママで、まだ二十二、三だったかなあ。ミニスカートが流行《はや》り始めた頃でさ。スタイルが良くて足もきれいだった。近所の若いもんはみんな、用もないのに毎日コーヒー飲みに行ったもんだ」

万里がカウンターから身を乗り出した。

「で、それからどうなったの？」

「どうにも。すぐ店を閉めてどっかに行っちまった」

山手は肩をすくめた。

「半年もいなかったなあ。あっという間だった」

二三は何気なく一子を振り返った。その目は少し潤んで、ここにはない何かを見つめているようだった。

「ねえ、ハス蒸しもいいですよね？」

しばしの沈黙を破ったのは瑠美だった。

「カブラ蒸しのカブをレンコンに替えるだけですけどね。これもまた、美味しいんです。摺り下ろしたレンコンの食感が、ちょっとねっとりしてて……」

「はい。うちでも前にやったら、大好評でした」

一子が答えた。そこにいるのはいつもの一子で、いきいきとした目を二三と万里に向けている。

「ふみちゃん、万里君、またやってみよう。秋にぴったりだもの」

「もちろん。ねえ、万里君」

二三は元気よく返事した。安堵《あんど》した途端、いつもの自分を取り戻し、大いにやる気が湧《わ》いてきた。


翌週、夜の営業で店を開けてすぐ、またあの少女が現れた。一度はともかく二度目はないだろうと思っていたので、二三はまたしても驚かされた。

「あら、いらっしゃい」

「こんにちは」

少女は少しのためらいも見せずに、前と同じ席に座った。一子はサッと立ち上がり、おしぼりを持っていった。

「また来て下さって嬉しいわ。ありがとう」

少女はじっと一子の顔を見つめている。

「今日は、ハス蒸しを召し上がってみませんか？」

「何、それ？」

「カブラ蒸しのカブをレンコンに変えたお料理。美味しいですよ」

「じゃ、それ。ご飯は何がお勧め？」

「牡蠣フライは如何？　タルタルソースは手作りで、創業当時と同じ味です」

「それにする」

一子はニッコリ微笑んだ。

「ありがとうございます。少々お待ち下さい」

一子はカウンターを回って厨房《ちゅうぼう》に入ると、油鍋の前に立った。最近は万里に任せているが、今日は自分で牡蠣フライを揚げるつもりらしい。

二三は蒸し器からハス蒸しを出し、出汁の餡を掛けて少女の前に運んだ。

「中身は穴子？」

「今日は海老とゆり根と銀杏。この前お嬢さんが言った、お祖母様と同じ具材にしてみました」

少女は黙ってハス蒸しをスプーンですくい、そっと口に入れた。「……美味しい」

満足そうな微笑が浮かんだ。

少女がハス蒸しを食べ終る頃、一子は牡蠣フライを揚げ終った。二三は盆にご飯と味噌汁、漬け物の定食セットを載せた。

「おまちどおさま」

一子が牡蠣フライの皿を置くと、少女は真っ先に箸でタルタルソースをすくって舐《な》めた。

「それ、ちょっとお醤油を垂らしてご飯に掛けても美味しいんですよ」

少女はこくんと頷いて、牡蠣フライに箸を伸ばした。ほっそりしているが、育ち盛りで食欲旺盛《おうせい》だ。リズミカルに食べ進み、牡蠣フライ定食をきれいに平らげた。

「ああ、美味しかった」

一子はほうじ茶を運んでいった。

「お粗末様でした」

「タルタルソース、ホントに美味しかった。牡蠣フライも、ご飯も味噌汁もお新香も、全部美味しかったわ」

「ありがとう存じます」

一子は丁寧に頭を下げた。

少女はもう一度、じっと一子の顔を見つめた。

「それに、おばあさん、きれいね。私のお祖母ちゃんもきれいだったけど、同じくらいきれいだわ」

一子も柔らかな眼差《まなざ》しを少女に注いだ。

「もしかして、お祖母様のお名前は玲子《れいこ》さん？」

少女はパッと目を見開いた。

「知ってたの？」

一子は頷いて微笑んだ。

「だって、玲子さんにそっくりなんだもの」

少女の顔に喜びが広がった。

「私、御子神玲那《みこがみれいな》。玲の字はお祖母ちゃんと同じ」

「あのう、もしかして御子神グループの？」

二三は思わず口を出した。

「そう。うちのパパが代表」

二三と万里は思わず顔を見合わせた。御子神とは、旧財閥系大企業の創業者一族の名である。

「それじゃ、玲子さんはお宅のお祖父《じい》様と結婚なさったのね？」

「うん。世紀の大恋愛。と言っても、メロメロだったのはお祖父ちゃんの方だけだったみたいだけど」

玲子は、一子の亡夫孝蔵《こうぞう》の初恋の女性の娘だった。孝蔵を実父と思い込んでいた時期もあったが、誤解が解けると今度は男として惹かれるようになった。しかし、孝蔵の心は一子にあって動かない。それが分って、潔く一子たちの前から姿を消したのである。

その後、どうやら御子神本家の御曹司《おんぞうし》に見初められて玉の輿《こし》に乗ったらしい。

「うちの家族はパパもママもお兄ちゃまもお姉ちゃまも、つまんない人間ばっかりなの。気が小さくて見栄っ張りで世間体ばかり気にしてて、息が詰まりそう。でも、お祖母ちゃんだけは別。いつでも私のすることや考えることに賛成してくれたわ。一族の中で見所があるのは玲那だけだって言ってくれた」

玲子は天涯《てんがい》孤独の身の上だった。母子家庭で高校しか出ていない。それが名家に嫁いだら、姑《しゅうと》と小姑《こじゅうと》にいびられて苦労するのが普通だろうが、玲子の場合は話が違った。

夫の熱愛を武器に、姑と小姑のいびりをことごとく撃退し、返り討ちにして、遂には御子神家の頂点に君臨した。銀座の一流クラブでナンバーワンになったほどだから、人心掌握術に長《た》けている上、父親の暴力で地獄を見た経験もある。いくら気が強くても、姑も小姑も所詮《しょせん》はお嬢様育ちの苦労知らずだ。人生の修羅場をくぐってきた玲子の敵ではなかった。

「お祖母ちゃんは遠くからこの店を眺めて『あそこは心の故郷よ』って言ってたわ。どんなに辛いことや悲しいことがあっても、この店を思うと心が救われたって。あそこに行けば必ず、お父さんが優しく迎えてくれる……そう思うと、勇気が湧いてきたって」

かつて孝蔵は玲子が自分の子供でないことを承知の上で「私は玲子の父親です」と言い切った。その心根が玲子の呪縛《じゅばく》を解き、自棄《やけ》になっていた心を救ったのだった。

「お祖母ちゃんは、おばあさんのご主人が好きだったのね。お祖父ちゃんのことは大好きでとても感謝してるけど、愛したのは孝蔵さんだけだって言ってた。優しくて誠実で男らしくて勇気があって、それはそれはステキな人だって。必死でふり向かせようとしたのに、お祖母ちゃんの方を向いてくれなかった男の人は、この世で孝蔵さん一人だけだって」

ゆっくり頷いたその拍子に、一子の目からひとしずくの涙がこぼれた。若き日の凛々《りり》しい孝蔵と、輝くように美しかった玲子の姿が瞼《まぶた》に浮かぶようだった。

「お祖母ちゃんは毎年、今くらいの時期になると、私を連れてお店の近くに来てたの。お祖母ちゃんはお正月に亡くなったから、今年は私が一人で来たわ。ついでに、お祖母ちゃんの代りにお店に入って、ご飯を食べてあげたの」

「どうもありがとう。玲子さんも喜んでるわ」

孝蔵が亡くなったのは十一月の下旬……ちょうど今くらいの時期だ。

「私、芸能界に入りたいの」

唐突に少女は話題を変えた。

「歌ったり踊ったりお芝居したり。もちろん、家族はみんな大反対。芸能界なんて一家の恥さらしだって。でも、お祖母ちゃんだけは応援してくれたわ。本当にやりたいなら、挑戦してごらんって」

玲那の目が輝いた。

「お祖母ちゃんはいつも言ってた。『人生に失敗はない。良い経験も悪い経験も、全部人生の肥やしになる。失敗するのは後悔したときだけだ』って」

「ほんとに、その通りだわ」

一子は力強く答えた。

「玲子さんもあたしも、これくらいの年まで生きたからそれが良く分るわ。特に玲那さんはまだ若いんだもの。失敗なんかありません」

「おばあさんもそう思う？」

玲那は真剣な目で問いかけた。

「もちろんですよ」

「ありがとう。私、ここに来て良かった」

玲那は大輪の花が開くように笑った。

「カブラ蒸しはお祖母ちゃんのお母さんの得意料理なんですって。子供の頃から手伝って作っていたから、カブラ蒸しだけは誰にも負けないって、自慢してた」

でも、と玲那は付け加えた。

「ここのカブラ蒸しも美味しかったわ。美味しい料理って、一つじゃないのね」

「そうよ。これから色んな経験をして、美味しい物もいっぱい食べて、玲子さんみたいなステキなおばあさんになってね」

「うん。おばあさんも、元気でね」

玲那は店の前でペコンと頭を下げると、大きく手を振って帰っていった。

二三は、これからカブラ蒸しを作る度に、会ったこともない玲那の祖母を思い出すかも知れないと思った。

# 第五話

# 気の強い小鍋立て

瀬戸物の蓋《ふた》を取ると、黄金色の餡《あん》から白い湯気が立ち上り、カツオの上品な香りがフワッと鼻腔《びこう》をくすぐった。

辰浪康平《たつなみこうへい》は我知らず器に鼻を近づけ、ほのかな香りをいっぱいに吸い込んでから、木製のスプーンを餡に差し入れた。中から現れたのは淡い黄色の、ツルンとした地肌……。

「しゃれてるねえ。餡かけの茶碗蒸《ちゃわんむ》しかあ」

康平は火傷《やけど》しないように三回ほどフーフーしてから、スプーンを口に運んだ。

「どう?」

万里《ばんり》が訊《き》くと、康平はぐいと親指を立てた。

「良いよ。高級感ありあり。普通の茶碗蒸しがグレードアップした感じ」

「やっぱり」

万里は胸を張って会心の笑みを浮かべた。具材は椎茸《しいたけ》と鶏肉《とりにく》で、ランチに出した茶碗蒸しと同じだが、夜に出すなら昼とは違う特色を持たせたいと、万里が提案したのである。

「どういうわけか、餡かけにすると高級感増すんだよね。瓢亭《ひょうてい》のおかゆとかさ」

「普通のチャーハンより餡かけチャーハンの方が高いしね」

二三《ふみ》も横から言い添えた。

「それに、餡かけにすると温まって良いでしょ。これからどんどん寒くなるし」

カウンターの端の椅子《いす》に座った一子《いちこ》が言うと、康平は大きく頷《うなず》いた。

「だよね。鍋《なべ》とか、良いよね」

と、自分の言葉に触発されたかのように、声を弾ませた。

「ねえ、おばちゃんとこ、冬だけ鍋やらない？」

はじめ食堂の三人は一瞬顔を見合わせた。

「いけると思うんだよね。ほら、一人暮らし増えてるでしょ。一人だと鍋やらないから」

「でも、スーパーには一人用の鍋パック売ってるわよ」

「アルミの容器に入ってるやつでしょ？　あれは味気ないよ」

「ただ、鍋だとどうしても、注文するのは二人か三人連れのお客さんになると思うのよね。一人で鍋って、やらないでしょ」

康平は「分ってないなあ」という顔で首を振った。

「近頃《ちかごろ》は焼き肉もしゃぶしゃぶもお一人様歓迎なんだよ。一人用の小さい鍋やれば、絶対に受けるよ」

二三は真剣に考えてしまった。確かに寒い季節に鍋は良いかもしれない。しかし、鍋となると肉・魚介・豆腐・白滝・野菜その他、何種類も具材を揃《そろ》えなくてはならず、それなりに値段も高くなる。しかも余ったら全部ムダになってしまう。

「ふみちゃん、小鍋立てにしたらどうかしら？」

助け船を出したのは一子だ。

「葱鮪《ねぎま》とか、鱈《たら》と豆腐とか。他にも鶏肉とセリ、ゴボウの笹《ささ》がきと穴子《あなご》、牡蠣《かき》と豆腐の味《み》噌仕《そじ》立《た》て……寄せ鍋みたいに何種類も具材を入れないで、二つか三つで小さなお鍋にするの」

「あ、それ、良いかも」

万里がカウンターから身を乗り出した。

「一人用の小さい鉄鍋、百均で売ってるし」

「小鍋立てって言葉も、ちょっと粋《いき》だな」

「江戸の昔からあったのよ。いつの間にか寄せ鍋みたいなにぎやかなお鍋が主流になっちゃったけど」

二三も俄《が》然《ぜん》やる気になった。

「そうね。小鍋立て、早速来週からやってみましょう。まずは無難に豆腐と鱈から始めて……」

「それこそ、日替わりにすれば良いんだよ。魚介系の次は肉系とか」

万里の言葉に、康平がポンと手を打った。

「決まり。ね、おばちゃん、俺、どうしても食べたい鍋があるんだ」

康平は三人の顔を順繰りに見回した。

「なんかのエッセイで読んだ。水の代りに日本酒入れて、アルコールが飛んだらホウレン草と豚バラ肉煮て、ポン酢で食べるの。美味《うま》そうでしょ？」

三人が頷くのを待って、康平は付け加えた。

「鍋用の日本酒は俺が提供するから、お代は要らないよ」

「康ちゃん、いくら辰浪酒店が商売繁盛だからって、それはいけないよ」

「店の若主人がしょっちゅう品物持ち出してたら、従業員に示しが付かないでしょ」

一子と二三、二人のおばちゃんにたしなめられても、康平はどこ吹く風だ。

「へへへ。美味いもの喰《く》って美味い酒呑《の》んで店が潰《つぶ》れるなら、酒屋冥利《みょうり》に尽きるってもんだ。俺は本望ですよ」

十二月に入ると道行く人がみな、心なしか忙しそうに見えるのは何故《なぜ》だろう。十一月に歩いていた人と比べて、本当に足早に歩いているのか、実際に調べたこともないのに、どういうわけか顔つきまで落ち着かない風に見える。

それはきっと、私が忙《せわ》しない気持ちでいるからね。

二三にも分っている。昔と違い、最近は年末年始も万事簡略化された。大騒ぎして正月の支度を調えた時代は遥《はる》か昔に過ぎ去った。

それでも、その頃の記憶が染みついているせいか、師走《しわす》と聞くと心が騒ぎ、いくらか前のめりになる気持ちを抑えられない。

「しょうがないわよ。日本人のＤＮＡだもん」

そう言って白菜の漬け物を口に放《ほう》り込んだのは、ランチのご常連野田梓《のだあずさ》だ。

「やっぱ、子供の頃の記憶が刷り込まれてんのよね。東京へ出てきてからの方がずっと長いのに、変な話」

「仕方ありませんよ。脳の構造がそうなってるんです」

食後のほうじ茶を一口飲んで、三原茂之《みはらしげゆき》が言った。

「認知症になった人も、最近のことはすっかり忘れているのに、子供の頃のことは良く覚えていたりします。子供時代に経験したことは、大人になってからの経験より、ずっと印象が深いんですよ」

そして、一呼吸置いてから唐突に「それにしても、ここのブリ大根は美味いなあ」と続けたので、一同はクスリと笑ってしまった。

大根はじっくりと下煮を施し、ブリは煮る前に湯がいて臭みを抜いている。だから大根はトロリと柔らかく、ブリは脂が乗ったまま、煮汁を吸い込んで良い味に仕上がるのだ。

今日の日替わりはブリ大根とメンチカツ。焼き魚は鮭《さけ》の塩麹漬《こうじづけ》、煮魚はカラスガレイ、定番はカツ定食と海老《えび》フライ定食。ワンコインは麻婆豆腐《マーボーどうふ》丼《どん》。小鉢は茶碗蒸しにモヤシとニラのナムル。味噌汁はキャベツと油揚げ。ドレッシング三種類かけ放題のサラダ。漬け物は白菜、もちろん一子の手作り。

定食のお値段は、ご飯と味噌汁お代わり自由で七百円。海老フライ定食だけは千円だが、大海老三尾と手作り絶品タルタルソース付きなので、悪しからず。高いか安いかは、お客様が知っている。

三原と梓が来店するのはいつもランチの大波が引いた午後一時十五分過ぎで、他にお客さんがいないことが多い。だから今日のようにブリ大根とメンチカツの二大人気メニューの時は、メンチカツを三分の一ずつ、おまけで付けたりする。もちろん、二人とも大喜びで平らげた。

「でも小鍋立てって、良いアイデアじゃない。さすがはおばさんね」

梓は一子に向って拍手する真似《まね》をした。

「池波正太郎《いけなみしょうたろう》の大好物だったのよ。小説やエッセイにも出てくる。葱鮪、どじょう鍋、白魚《しらうお》と豆腐とか、ハマグリとネギと豆腐とか……。鍋は小鍋立てに限る、寄せ鍋は具材の味が混ざるからよろしくないって、何かに書いてあったわ」

「へええ。そうなんだ」

万里が感心したように言うと、梓は下を向いて苦笑した。これで小説家志望なのだから、読書家の梓としては笑いたくもなるのだろう。と、不意にパッと顔を上げた。

「ねえ、ふみちゃん。いっそのこと〝文士鍋〟とかネーミングしちゃえば？」

「あら、良いかも」

「いけるわよ、絶対。お客さん、何かと思うもん」

「そこで『これは江戸の昔から続く小鍋立てでございまして……』なんて説明されると、つい頼みたくなるって寸法ね」

「そうそう」

二三と梓の漫才に、三原も万里も笑いをかみ殺している。しかし、一子も含めて、そのアイデアを楽しんでいた。

「よ～し！　これではじめ食堂にまた、冬の名物が出来たわ」

二三が明るく声を張ると、一子も万里も力強く頷いた。

「文士鍋？　おたくも色々新手を考えるわねえ」

「でも、小鍋立てって、いかにも江戸の感じだわ。粋でおしゃれで和服が似合いそう
……」

「あたし、小鍋立てだったら、好きな男と差し向かいで食べたいわあ。炬燵《こたつ》の中で足の先が触れ合ったりして……」

「そんなやつは最初からはじめ食堂に来ないって」

「炬燵で差し向かいって、時代劇じゃないの？」

ランチタイムの終盤近く、来店したニューハーフ三人組のメイ・モニカ・ジョリーンに万里が絡んで、テーブルはにぎやかだ。

魚の食べられない万里はメンチカツに麻婆豆腐丼という二品メニューだが、他の三人はブリ大根も鮭の塩麴漬も皿に取っている。

「万里君、鮭と煮魚とナムル、余ったら持って帰ってね」

「ありがとう、おばちゃん」

はじめ食堂のランチの残りは、万里の両親の夕食になる。二人とも忙しい教職なので、息子の手作り料理は大歓迎だった。

「真面目《まじめ》な話、みなさんは小鍋立てなら何が好き？」

二三が尋ねると、ニューハーフ三人は真剣な顔で考え込んだ。

「そう言われてみると、子供の頃からほとんど食べたことないのよね。湯豆腐とどじょう鍋くらいかしら」

メイは顎《あご》に指を当てて首を傾《かし》げ、続くモニカも肩をすくめて降参のポーズになった。

「あたしも鍋と言えば、すき焼き、しゃぶしゃぶ、寄せ鍋だけ。年末には玄品《げんぴん》ふぐに行くけど、てっちりは小鍋立てじゃないもんね。ジョリーンは？」

「あたしも同じ……ちょっと待って。松茸《まつたけ》の土瓶蒸《どびんむ》しって、小鍋立てかしら？」

二三と一子も一瞬考え込んだ。

「具材的にはそうとも言えるけど」

「鍋じゃなくて土瓶だからねえ」

すると万里がいとも簡単に結論を出した。

「そもそも、はじめ食堂で松茸は無理っしょ」

「そりゃそうだ」

笑いが弾《はじ》けたところで、ジョリーンがパチンと指を鳴らした。

「そうだ！　関西じゃハリハリ鍋ってよくやるのよ。メインは水菜と鯨《くじら》のコロ（煎皮《いりかわ》）だから、小鍋立てにできるんじゃない？」

メイも後に続いた。

「私、誰かのエッセイで大根の薄切りとホタテの鍋って読んだことあるわ。上品で美味《おい》しそうな気がするけど？」

「二つとも、いけるよ」

万里がすぐさま応じた。

「東京じゃコロは手に入りにくいかもしんないけど、多分、別の具材で代用可能だし」

「ホタテは十二月が旬なのよ。大根とピッタリだわ」

二三は目を輝かせて一子を見た。

「お姑《かあ》さん、やってみよう」

「そうね。せっかくのみなさんのご提案だし」

「ちょっと待った。トップバッターは康平さんの酒鍋でしょ。せっかく日本酒寄付してくれるんだから」

「どゆこと？」

万里が康平の発言を紹介すると、三人のニューハーフに笑いの花が咲いた。

「康平さんって、ホントいい人よねえ」

メイが三人を代表して褒《ほ》めると、万里は人差し指を立てて左右に振った。

「青木《あおき》、男に向って〝いい人〟は禁句だぜ」

「あら」

メイの本名は青木皐《さつき》という。元は同じ字で〝すすむ〟と読んだ。

「何故って〝友達止まり〟って宣言されたのと同じだろ」

「言われてみれば」

「男なら　言わせてみたい　〝悪い人〟」

「万里君、どうしたの？　今日は冴《さ》えまくりじゃない」

再び和やかな笑い声が満ちた。

日ごとに冷え込みが強くなっているが、昼下がりのはじめ食堂は温かな日差しに照らされていた。

「文士鍋？　やっだー、ベタベタじゃん」

その夜、例によって閉店後に帰宅した要《かなめ》は、ブリ大根、メンチカツ、餡かけ茶碗蒸しと大根サラダを前に、缶ビールを開けながら顔をしかめた。

「いいんだよ。お客さんはお前と違って、編集者じゃないんだから」

万里は要の憎まれ口には免疫が出来ている。それは要も同じだが。

「それにしたって、いかにもなネーミングじゃない」

「あら、覚えやすくていいわよ。メニューはまず、お客様の目に留まることが大事なんだから」

二三は大根サラダをつまみながら、一子と缶ビールを半分ずつ呑んでいた。毎日ではないが、たまに成り行きで要と万里の晩酌に付き合うことになる。

大根サラダは秋冬限定で、玉ネギが辛《から》くなるとスモークサーモンと玉ネギのサラダに代って登場する。大根の千六本と貝柱の缶詰をマヨネーズで和《あ》え、黒胡椒《くろこしょう》を利かせた居酒屋の定番サラダである。定番になるのは、それだけ多くの人に好まれている証拠だ。

「だからメイちゃんの言ってた、大根の薄切りとホタテの小鍋立ては、絶対に美味しいわよ」

要も素直に頷いた。

「今度お目に掛かったとき『小鍋立て始めました』って足利《あしかが》先生に宣伝しとくね。きっと興味持ってくれると思う」

足利省吾《しょうご》は大人気の時代小説家で、今年の春から要が担当編集者を引き継いだ。たまま訪れたはじめ食堂を気に入って、今も時々新婚の奥さんを連れて来店してくれる。人気に驕《おご》るところのない気さくな性格と、筋の通った立派な精神の持ち主で、二三も一子もとても尊敬していた。

「私、足利先生はどじょう鍋が好きだと思うわ」

「あら、知ってるの？」

「ううん。でも、江戸っぽいじゃない」

当てずっぽうだが、的を射ているかもしれない。どじょうは江戸っ子のソウルフードだった。

「困ったわ。うちじゃ、どじょうは扱えないし……」

一子がすかさず言葉を添える。

「葱鮪でいいんじゃないかねえ。これも昔からあるし」

「そうね。じゃ、足利先生は葱鮪で決まり！」

嫁と姑《しゅうとめ》はカチンとグラスを合わせ、残ったビールを飲み干した。

万里が自宅に引き上げ、要が二階に上がった後、一三は一子と簡単に後を片付けた。食器類は水に浸《つ》けて、明日の朝洗う。就寝前なので身体《からだ》の負担になることはしない。

「ねえ、お姑さん」

一三は幾分声を落として呼びかけた。

「前から考えていたことなんだけどね……」

「万里君のこと？」

一三は驚かなかった。一子とは長年一緒に働いてきたし、万里が入ってからすでに三年経《た》っている。食堂について考えることはだいたい同じで、以心伝心だ。

「来年になったら万里君に調理師免許を取らせようと思うの」

「そりゃあ良い。あたしは大賛成」

「だと思った」

二人は共犯者のようにニヤッと笑った。

「でも、万里君にその気はあるだろうか？」

「それは分らないけど、説得すれば承知すると思う。資格持ってて損はないもの」

万里はまだ若い。今ははじめ食堂で働くことに情熱を燃やしているが、将来も調理の仕事を続けていくかどうかは未知数だ。きっと本人にも分らないだろう。それでも、これから先の人生を考えても、調理師免許を持っていることは、万里のアドバンテージになるはずだった。

「それで、本人にはいつ話す？」

「土曜日の夜にしようかと思って。休みの前だから、一日じっくり考える時間があるし」

「そうだね。それが良い」

二人は白衣と三角巾《さんかくきん》を脱ぎ、食堂の電気を消した。暗くなった店内に、二人が階段を上がる足音が小さく響いた。

目の前に運ばれてきた小鍋を前に、康平はうっとりと目を細め、顔いっぱいに湯気を浴びた。

「ああ、念願叶《かな》ってご対面。豚肉とホウレン草の酒鍋！」

豚肉を箸《はし》でつまむと、大根おろしをたっぷり入れたポン酢に付けて口に運び、満面の笑みを浮かべる。

「美味いなあ。食べる前から美味いと思ったけど、食べたらもっと美味い」

合わせる酒は雪《ゆき》の茅舎《ぼうしゃ》の純米吟醸生酒で、この日のために格安ではじめ食堂に卸した一本である。

「雪の茅舎は鍋に合うんだ。文士鍋頼んだお客さんに勧めてみ」

「毎度、畏《おそ》れ入ります」

二三と万里はカウンターの後ろで、揃って頭を下げた。夜のはじめ食堂がちっぽけな居酒屋ながら日本酒の品揃えが充実しているのは、偏《ひとえ》に康平の尽力による。時々「他の人間には呑ませたくない」と金を払って持ち込むこともあるが。

ガラリと戸が開いて、一瞬冷たい風が吹き込んだ。

「寒くなりやがったなあ。湯冷めしちまうぜ」

ボヤキながら入ってきたのは、山手《やまて》政夫《まさお》と後藤《ごとう》輝明《てるあき》の二人組。今夜も日《ひ》の出湯《でゆ》に行った帰りである。

「おじさん、良いものがあるよ。鍋。あったまるよ」

雪の茅舎のグラスを掲げた康平が、いち早く宣伝してくれた。

「ほう、小鍋立てか。おつだな」

山手はカウンターに腰を下ろし、康平の鍋を覗《のぞ》き込んだ。

おしぼりを出しながら二三が説明する。

「康平さんのリクエストで、ホウレン草と豚バラ肉を日本酒で鍋にしました。絶対にお勧め」

「じゃあ、もらおう」

山手が目顔で問いかけると、後藤も頷いた。

「私も一つもらいます。ホウレン草は身体に良い」

「他に今日のお勧めは、水菜とジャコのサラダ、里芋の唐揚げ、牡蠣と野菜のオイスター炒《いた》め、餡かけの茶碗蒸し」

万里が後を続けると、山手が頬《ほお》を緩めた。

「卵だな。今の、全部もらうぜ」

「へーい、毎度」

二人はまず生ビールを注文した。お通しはモヤシと挽肉《ひきにく》の巾着《きんちゃく》。今日のランチの小鉢の一つだった。油揚げを半分に切って袋にし、中にモヤシと挽肉を詰めて楊枝で口を閉じ、出汁《だし》で煮たものだ。はじめ食堂では手軽にモヤシと挽肉を詰めたが、具材次第で如何様《いかよう》にも高級になる。

「今日のお通し、気合い入ってるな」

「いつも入ってるよ」

万里は軽口を叩《たた》きながら手早くサラダを器に盛り付け、カウンター越しに出した。

「これは美味いな。さっぱりしててコクがある」

ひと箸つまんだ後藤が呟《つぶや》いた。

「でしょ？　水菜と切り昆布《こぶ》とジャコだけ。ドレッシングなしでも充分美味いんですよ」

「万里君は魚食べられないのに、どうして分るの？」

「後藤さん、こういう料理はだいたい菊川《きくかわ》先生のレシピ本がネタですよ。だろ、万里？」

康平が横から口を挟んだ。

「へい、その通りです」

そこへ、噂《うわさ》をすればなんとやら、菊川瑠美《るみ》が入ってきた。

「いらっしゃい。先生、本日のお勧めです」

二三が黒板を見せると、瑠美の目は「文士鍋」に吸い寄せられた。

「これ、どんな鍋なの？」

「小鍋立てです。色々具材を変えて、やってみようと思いまして。今日はホウレン草と豚バラの酒鍋です」

「それ、結構ポピュラーよ。もちろん、いただきます。他のお勧めも全部下さい」

瑠美は苺《いちご》のフローズンサワーを注文し、チラリと康平を見た。

「先生、鍋には雪の茅舎です」

「分りました。ありがとうございます」

里芋の唐揚げが揚がった。同時に箸を伸ばした山手と後藤、瑠美の三人は、一口食べて
「う～ん」と溜息《ためいき》を漏らした。

「これ、一度含め煮にしてあるのね。よく考えたわ」

「揚げた芋を煮たのはたまに出てくるが、これは珍しいな」

山手が感心したように、囓《かじ》りかけの芋を眺めた。

お客たちに褒められ、万里は得意満面だ。

「前に銀座の料理屋さんで、一度煮た京芋を揚げた料理が出てきて、美味かったので、真似しちゃいました」

「美味しいわ。それに、お洒落《しゃれ》」

牡蠣にも一手間掛けてある。薄く片栗粉《かたくりこ》を付けて揚げてから、野菜炒めの中に投じてオイスターソースで味付けした。こうすると生の牡蠣を炒めるより、味も食感も一段アップする。

「これも万里君のアイデアなんですよ。どっかの中華屋さんで食べてきて、この方が美味しいって」

「偉いわ。良いと思ったらすぐ取り入れる。料理人もフットワークが肝心よね」

「正直、感心したよ。良くここまで成長したよな」

康平にまで褒められて、万里はいよいよ鼻高々で胸を反らした。

「フフフ。俺、まだこんなもんじゃないっすから」

「期待してるわよ、若頭」

冗談めかして言ったものの、それは二三の本音だった。

その夜の夜食は三人で囲んだ。要は担当する作家の講演会に付き添って、今夜は地方泊まりだった。

「あのねえ、万里君……」

チャンス到来と、二三は調理師試験の件を話した。

「調理師？」

「そう。実務経験二年以上で、受験資格がもらえるの。万里君は三年もここで働いてるから、資格は充分よ」

「でも、あれ、調理師学校出てないとダメなんじゃないの？」

「そんなことないわよ。私だってお姑さんだって調理師免許を持ってるもの。調理師学校の生徒は、専門課程を修了すれば試験無しで免許がもらえるんだけど、万里君の場合も実技はなし。ペーパー試験だけでＯＫ」

「でもさあ、今更勉強すんのもなあ……」

「大丈夫よ。私もお姑さんも、一、二ヶ月参考書読んだだけで合格したんだから」

「調理師の試験は六割以上正解すれば合格だからね。落とすための試験じゃないから、怖がることないよ」

一子も応援に乗り出した。

「それに、あれは全国都道府県でやってるから、東京の他に千葉・埼玉・神奈川を滑り止めに受けると良いよ。四回やれば一回くらい受かるでしょう」

実際には今年東京・千葉・埼玉は試験日が同じだったので、滑り止め（？）が可能なのは神奈川県だけなのだが。

「でも、どうせ免許もらうなら、小池百合子《こいけゆりこ》の署名入りが欲しいでしょ？　私も石原慎太郎《いしはらしんたろう》の署名入りよ」

「確か、春に申請して秋に試験じゃなかったかしらねえ」

「まあ、とにかく時間はたっぷりあるってことよ」

「受験費用と参考書のお代はうちで出すから、挑戦してごらん。ものは試しだよ」

二人のおばちゃんに鼻息も荒く詰め寄られて、もはや万里に逃げ場はなかった。

「……分った。受けるよ、来年」

二三と一子は「やった！」と声を上げ、ハイタッチした。

「受験代って、高いの？」

「安い、安い。私のときは三千円か四千円だった」

ちなみに平成三十年の受験料は六千三百円である。

「調理師の他にふぐ調理師免許っていうのがあってね、あれは高いのよ」

「それも受けたけど、今はもっと上がってるかも」

万里は「やれやれ」と溜息を吐《つ》いた。

「どうせはじめ食堂じゃ、フグは扱えないでしょ」

「そりゃあね。死人が出たら寝覚めが悪いもん」

二三と一子はご機嫌でお茶で乾杯した。

自分の将来を考えてくれる二人の好意はよく分っているのに、何故か万里は素直に納得できない心持ちだった。そして、そんな自分を持て余していた。

翌日の日曜日、万里は午後から浦安《うらやす》にある順天堂《じゅんてんどう》病院を訪れた。今年一緒に北海道旅行をした大学時代の友人が、急性胆嚢炎《たんのうえん》で入院しているので見舞いに来たのだ。

「ホント、ひでえ目に遭ったよ。夕飯食った後、猛烈に腹が痛くなって、マジで部屋の中転がり回った。おまけに熱が九度も出て……」

身振り手振りを交えて語る友人、広池岳《ひろいけがく》は意外なほど元気そうだったが、実はすでに胆嚢摘出手術が行われていた。

「そ、そんな簡単に取っちゃって良いの？」

「急性の場合は基本的に摘出なんだってさ」

あっけらかんとした岳の前で、万里は一瞬言葉を失った。

「腹腔鏡下胆嚢摘出手術って、まあ、内視鏡みたいなやつ？　だから手術の痕《あと》も小さくて、五日で退院できるって。実は明日退院」

「そっか。今日がギリギリ滑り込みセーフか」

しかし、岳は学生時代はハンドボール部に所属していたスポーツマンで、今も週三回はジムに通っているという。健康には自信があったはずだ。それがどうしてまた胆嚢炎などに？

「細菌感染だってさ」

「細菌？　お前、どっちかっつーときれい好きだったじゃん」

「俺だってワケわかんねえよ。その細菌の大元は胆石らしいけど、俺、胆石なんかねえし」

胆石の原因は肥満、暴飲暴食、運動不足と言われている。

「俺、全部当てはまんないし」

それ以外にも動脈硬化や糖尿病、寄生虫などの感染から急性胆嚢炎を発症することがある。

「で、結局、何が原因だったわけ？」

岳は肩をすくめて「お手上げ」のポーズを取った。

「早い話が原因不明。ごく稀《まれ》に、胆石なくても発症する場合があるんだって」

「なんか、いい加減だなあ」

医者は無事に手術が終ればそれで良いかもしれないが、岳は若い身空で、胆嚢のない身体になってしまったのだ。普段は意識することのない臓器だが、あるべきものがないとなると、人はどうしても不安になる。

「俺も医者に文句言ったんだけどさあ、『中村俊輔《なかむらしゅんすけ》選手も発症しましたからね』って言われて、妙に納得しちゃったよ」

中村俊輔は、言わずと知れたサッカー元日本代表選手である。

「ま、これから胆嚢のこと訊かれたら、『中村俊輔と同じ』って答えるから」

気丈に振る舞う岳を見て、万里も気持ちを切り替えた。

「良いんじゃない？　名前も柴崎《しばさき》岳と同じだし」

柴崎岳はスペインリーグで活躍中の、今が旬のサッカー日本代表選手である。ロシアワールドカップ後、女優の真野恵里菜《まのえりな》との結婚を発表した。

「こうなったら次の目標は、美人タレントと結婚だな」

万里は岳と軽口を叩き合い、病室を後にした。

七階から降りてきたエレベーターが五階で止まり、扉が開いた。万里は先客に軽く会釈して乗り込んだ。紙の手提げ袋を持った若い女性で、チラリと覗く袋の中身は衣類らしい。透明のビニール袋に入っている。おそらく入院患者の洗濯物だろう。

エレベーターが一階で止まり、ドアが開いた。箱を出ると、突然後ろから声をかけられた。

「ねえ、もしかして、はじめ食堂の人じゃない？」

万里は驚いて振り返った。

「そうですけど？」

エレベーターで乗り合わせたその女性に、全く見覚えはなかった。年は二十歳前後、まだ少女に近い。身長百五十五センチ程度とやや小柄でスレンダー。栗《くり》のような輪郭にショートカットがよく似合い、美人ではないが目力が強く、ある意味魅力的だった。服装はごく普通に、カットソー・チノパン・ダウンジャケット。

「分んないでしょ？」

少女はにっと笑った。笑うとちょっと可愛《かわい》くなる。

「十月にお店に行ったことあんのよ。パスポート届けに」

万里は思わず「あっ」と声を上げた。

「あのときの、パンクねえちゃん！」

インドネシア人の女性客が落としたパスポートを拾い、インスタグラムではじめ食堂の存在を知って、西日暮里《にしにっぽり》からわざわざ届けに来てくれた少女だった。そのときは髪の毛はピンクで派手な化粧とパンクファッションに身を包み、素顔が分らないほどだったが。

「見違えたよ」

「でしょ。あれはハロウィン限定だから」

少女はニヤニヤ笑っている。

「おたくのおばさんと魚政《うおまさ》のおじさん、元気？」

「元気、元気。毎日フルスロットル」

「今日は、お見舞い？」

「うん。友達がね。ま、明日退院なんだけど」

万里は少女の手提げ袋に目を遣《や》った。

「どなたか、家族の人が入院してるの？」

「お祖母《ばあ》ちゃん。これ、洗濯物の寝間着」

この病院では、寝間着はレンタルもあるが、基本は患者側が用意するという。

「だから毎日来てんの。洗濯物届けに」

「大変だね」

「全然。ここはサービス行き届いてるよ。毎日身体拭《ふ》いて着替えさせてくれるもん。なかなか、そんな病院ないよ。私の知ってる病院なんか、完全に身寄りのないお年寄りの姥捨《うばす》て山でさ。誰《だれ》も洗濯してくれる人がいないから、寝間着は全部レンタルで……」

言いさして、少女はふっと口をつぐんだ。

「忘れてた。私、桃田《ももた》はな」

「ぴったり」

あのピンクの髪の毛を思い出して、万里は微笑んだ。

「俺、赤目《あかめ》万里」

「名前も、格好いいね」

「だろ」

二人は同時に笑みを漏らした。

「コーヒーでもどう？」

万里は待合室に出店しているドトールを指さした。

「ありがとう。でも、今日は時間ないんだ」

少女は残念そうな顔をしたが、次の瞬間には好奇心で目をきらめかせた。

「ねえ、日曜、店休みでしょ。来週、浦安でご飯食べない？　友達のお姉さんが居酒屋でバイトしてて、一度行くって約束したんだけど、一人じゃ入りにくいからさ」

「良いよ。ただし、俺は貧乏なバイトだから、高い店は困る」

「そんなに高くないと思う。客単価五千円くらい」

「よし。行く」

お礼のつもりか、はなはもう一度微笑んだ。

「松田屋《まつだや》って言うの。六時に現地集合で大丈夫？」

「いいよ」

はなは革のリュックからショップカードを出した。場所は東西線浦安駅から商店街を三百メートルほど行った所で、まことに分りやすい。

玄関先で別れるつもりが、帰り道も一緒になった。

京葉線新浦安駅まで歩き、そこから同じ列車に乗って、万里は新木場《しんきば》駅で有楽町線に乗り換えて月島《つきしま》下車、はなは終点の東京駅で山手線か京浜東北線に乗り換えて西日暮里へ。短い道中だったが、話は尽きなかった。もっとも、話すのははなで、万里はひたすら聞き役だったのだが。

「代々木《よよぎ》の文化服装学院に通ってんの。今、服装科の二年生。三年次からは専攻課程もあるけど、私はパス。もう、知りたいことは全部分ったから」

二十歳《はたち》の女の子の口から平知盛《たいらのとももり》のような台詞《せりふ》が飛び出したので、万里は驚いてはなの顔を見た。

「私はさ、自分のブランドの洋服作りたいのね。そのために必要だと思って学校に入ったんだけど、パターンの取り方覚えたら、後はどうでも良いことばかり」

パターンとは型紙のことである。

「うちは生地屋で周りもみんな繊維関係じゃん。小さい頃から店手伝って、色んな生地見てるから、先生より私の方が詳しいもん」

はなの家は繊維街として有名な日暮里界隈《かいわい》で生地店を営んでいる。

「デザインって結局、持って生まれた閃《ひらめ》きが勝負みたいなとこがあってさ。勉強したって、才能がなきゃダメなのよね」

小さな身体に秘めた自信は、はち切れそうな大きさらしい。

「それじゃ、賞とか狙《ねら》ってるの？　ほら、何つったっけ、コシノジュンコや高田賢三《たかだけんぞう》が取ったやつ……」

「装苑《そうえん》賞でしょ」

はなは小馬鹿にしたように鼻の頭にシワを寄せた。

「あれは日展特選みたいなもんでさ、箔《はく》は付くけど喰《く》ってけるかどうかは別問題。実際、山本耀司《やまもとようじ》の後、大物は出てないし」

またまたの鼻高発言に、万里は半ば呆《あき》れ、半ば感心した。ただのビッグマウスかダイヤの原石かは知らないが、ここまで強烈だといっそ爽快《そうかい》だ。

「そんじゃ、どういう戦略で売りだそうと思ってんの？」

「まずは自分のショップを持って、そこで売る。後は口コミ。ホントに良いと思ったら、お客さんがお客さんを連れてきてくれる」

そんなに上手《うま》く行くかな……と思ったところで列車は新木場駅に到着した。

「そんじゃ、来週」

「またね」

軽い挨拶《あいさつ》を交わして、二人は別れた。


翌朝、いつものように九時二十分にはじめ食堂に現れた万里は、二三と一子と顔を合わせても、昨日遇《あ》ったはなのことを口に出せずにいた。

何故だか自分でも分らない。いつもなら開口一番「おばちゃん、昨日浦安の順天堂でさ、あのパンクねえちゃんに遇ったよ！」と、しゃべっているはずなのに。

万里の心境など知るべくもない二三と一子は、いつもの調子でテキパキと仕事を進めている。と、二三が小鉢用の料理を盛り付けながら万里に言った。

「そうそう、夜なんだけどね、小鍋立て、葱鮪から大根とホタテ貝柱に変更したから」

「うん。分ったけど、急にどうしたの？」

そこで二三と一子は顔を見合わせ、ニンマリと笑う。

「昨日、スーパーでおつとめ品の大セールがあって、ホタテ貝柱の缶詰が七十パーセントオフになってたのよ。思わず爆買いしちゃった」

「貝柱の水煮は良い出汁が出てるからね。ホタテそのものを入れるより美味しいかも知れないよ」

さっきまでのモヤモヤはどこへやら、万里の心はホタテ貝柱と薄切り大根の小鍋立てのイメージで占められた。

「余ったら冬の定番、大根の千六本と貝柱のサラダにしちゃえば良いし。まさにWin－Winでしょ！」

二三は自慢げに反っくり返った。

「缶詰使えば単身赴任のお父さんでも小鍋立て、簡単に作れるよね」

「安くて簡単で美味い。まさにはじめ食堂の三原則だわ」

「今度ジョリーンが来たら教えてやろっと」

「今夜辺り、来るかも知れないね。メイちゃんたち、確か月曜がお休みのはずだから」

そんな話をしたせいか、夜の営業時間が始まる早々、ニューハーフ三人組が現れた。本日の口開けの客だ。

三人ともほとんどノーメークの普段着姿だが、それでも入ってくると店がパッと明るくなる。

「いらっしゃい。何となく、今夜辺り来てくれそうな気がしたわ」

「おばちゃん、千里眼？」

「行動パターン読まれてるだけ」

「超、美味そう」

万里はカウンターの中から憎まれ口を叩いて、黒板を指さした。

「今日のお勧めは大根とホタテ貝柱の小鍋立て、筑前煮《ちくぜんに》、焼ネギのマリネ、芽キャベツのグラッセ、ヤリイカとセロリのガーリック炒め、白菜ロールキャベツ。今日は特製トマトクリームソースで煮込んでみました」

「そりゃあ、全部もらうっきゃないわね」

「それと、取《と》り敢《あ》えずフローズン苺サワー三つ下さい」

三人ともすでにはじめ食堂とはお馴染《なじ》みなので、康平や山手たちと同じく、注文はほとんどお任せである。

「今日は、康平さんはまだ?」

「うん。でも、そろそろ現れるんじゃないかしら」

「メイ、奢《おご》ってもらう気満々なんでしょ?」

「あた〜り〜」

三人はどっと笑う。康平はニューハーフ三人組と一緒になると、いつも俠気《おとこぎ》を見せてワンドリンクを奢っているのだ。

十二月は冬キャベツの旬でもあるが、今日は特売の白菜で合挽《あいび》き肉を巻いた。あっさりコンソメ味も美味しいが、小鍋立てと差別化を図るため、万里がホワイトソースを作ってパスタ用のトマトソースを混ぜ、濃厚な味に仕上げた。

「あら、このマリネ、しゃれてる」

「赤ワインの風味が良いわね」

「芽キャベツのグラッセもサイコーよ。乙女心を刺激するわ」

三人がフローズンサワーを飲み終ったタイミングで、二三が筑前煮とガーリック炒めの皿を出した。

「おばちゃん、次の日本酒、何が良い？」

「そうねえ……御湖鶴《みこつる》は？　昨日康平さんが持ってきたの」

「へえ。何て言ってた？」

「魚にも鶏にも豚にも合うって。確か、オリーブオイルを使った料理にも合うって言ったはず」

「まあ、焼ネギのマリネにピッタリじゃない」

「三合！」

二三がデカンタに御湖鶴を注《つ》いでいる間に、万里はカウンターを出てメイたちのテーブルに近づいた。

「万里君、いつも美味しいねえ」

「昼も良いけど、夜もステキだわ」

「それは店のこと、万里君のこと？」

軽口を適当に受け流し、万里は声を落としてメイに尋ねた。

「青木、お前、二十歳のとき何考えてた？」

「悩んでたわ。人生このままで良いかどうか」

即答だった。万里は改めてメイが性同一性障害に悩む身であったことに思い至った。

「そうか。そうだよな」

「どうしたのよ、急に？」

「いや、俺、何も考えてなかったからさ」

「良いじゃない。二十歳の子なんて、みんなそんなもんよ」

メイはさばさばした口調で言うと、万里を見上げて微笑んだ。

「それが、今じゃ立派にはじめ食堂を支えてるんだもん。成長したじゃない」

「いや、まあ……」

そこへ、いつもより三十分遅れで康平が入ってきた。

「おや、これはこれは、きれいどころがお揃いで」

三人が嬌声《きょうせい》を上げるのを背中で聞いて、万里はカウンターに引き上げた。

日曜日の六時に浦安の松田屋に行くと、はなは先に来て待っていた。開店早々らしく、他に先客はいない。遠慮なく隅の四人掛けのテーブルに座っている。

店はカウンター六席に四人掛けのテーブルが二つ、二人掛けのテーブルが一つ。小さな店だが、インテリアは白と黒で統一されて趣味が良い。主人は四十前後のイケメンで、手伝いの女性も二十代後半の美人だった。

「良い店だね」

万里ははなの向かいに腰を下ろして店内を見回した。

「うん。料理も美味しいらしいよ」

はなはメニューを差し出した。

「刺身、取ろうよ。浦安だから、魚が良いんだ」

「そうだね」

万里はざっとメニューを一覧して、魚・肉・野菜・豆腐と、店の味を知る鍵《かぎ》になる料理に目星を付けた。

「飲み物、どうする？　取り敢えずビール？」

「うん。一緒で」

答えながら「そう言えばどうして自分の周りの女性は、揃いも揃って仕切り屋なんだろう？」と考えると、自然に苦笑が漏れた。

生ビールで乾杯すると、はなはジョッキを傾け、一気に三分の一を飲み干した。

「良い飲みっぷりだなあ」

はなはジョッキをテーブルに戻し、挑むような目を向けてきた。

「万里は将来、あの店継ぐの？」

いきなり呼び捨てにされ、その上核心を突く質問をされて、万里は思わずビールにむせた。

「当然、継ぐよね？」

「い、いや、俺はまだ、そこまで考えてないから」

「でも、きれいな方のおばさんは年だから、そう遠くない将来に引退だよね。そしたら万里がいないと、おばさん一人じゃ店はやっていけないよ」

「そんなこと言われても……」

「でも、あの店好きなんでしょ？」

「そうだけど、でも……。そもそも、俺、料理人になろうと思ってたわけじゃないし」

万里はたじたじとなりながら、一子の怪我《けが》が切っ掛けではじめ食堂を手伝うようになった経緯《いきさつ》を説明した。

「ふうん。で、今でも小説家になりたいわけ？」

「まあ、それは、夢だから」

「何か書いてるの？」

「いや、まだ」

「じゃあ、小説家の卵とは言えないね。現役料理人だよ」

「そんな大層なもんじゃないよ。バイトの延長でやってるわけだし。……俺、調理師学校も出てないし、調理師免許も持ってないしさ」

「じゃ、試験受けて免許取れば良いじゃん」

「いや、実はおばちゃんたちに勧められてんだよ。来年試験受けろって。参考書と受験の費用は払ってくれるって」

「おいしい話じゃん。受けなきゃバカだよ」

「そうなんだけどさ」

万里は力なくホウッと溜息を吐いた。

「受けたくない理由でもあんの？」

「いや、受けたくないってことじゃないんだけど……なんつーか、これで調理師免許取ったら、もう完全に将来が決まっちゃうような気がしてさ。……はじめ食堂の調理担当で」

「それじゃイヤなの？」

「う～ん、イヤってことじゃなくて、分んないんだよ。俺に今の仕事が向いてるかどうか。今は好きだけど、三年先は好きじゃなくなるかも知れない。でも、調理師免許持ってたら、辞めるに辞められなくて、ズルズルと……」

はなは破顔した。小さな子供の失敗を温かく見守る母親のような目をして。

「万里、試験受けなよ。資格と金は持ってて損はないからさ」

それから、また表情を引き締めた。

「万里は贅沢《ぜいたく》だね。恵まれすぎてるよ」

「よく言われます」

父は中学校の校長で、母は高校教師。就職した会社を一年で辞めてニート生活が送れたのも、囓り甲斐《がい》のある臑《すね》が二人分もあったからだ。

「俺、はなを見てると、ホント自分が情けなくなるよ。まだ二十歳なのに、将来の目標キッチリ決まってて。俺なんか、二十歳のときはただブラブラしてた記憶しかないよ」

「うちの店、左前なんだ。倒産が目の前にチラチラしてる」

万里はギョッとしてはなを見た。その目に自分を哀れむような色は全くない。

「だから、うちを立て直すには、私が成功するしかないんだ。どんな小さなとっかかりでも、全部利用して、私の作る服を売っていく」

そこではなはキラリと目を光らせた。

「成功出来るか出来ないか、勝負は五分五分だと思ってる。でも、たとえ七三、ううん、九一で分が悪くても、勝負するつもり。やってみないと何も始まらないからね」

はなの気概に万里は圧倒され、ほとんど感動していた。

「はな、すげえな」

「成功したら、ヒモにしてあげるよ」

万里はまたしてもビールにむせ返った。

「冗談だよ、やだなあ」

そこへ、新しい料理が運ばれてきた。

「あん肝味噌の野菜スティック添えです」

万里はキュウリに味噌を付けて口に入れ、思わず唸《うな》った。

「う、うまい！」

あん肝を練り込んだ味噌は濃厚でまろやかな味わいだった。味噌の塩分がかなり緩和されていて、たっぷり付けても塩辛くない。

「生まれてから喰った味噌の料理で、一番美味い！」

万里の台詞に、主人は笑顔で会釈した。

「これ、白味噌とあん肝と酒とみりん……ですか？」

「あと、卵黄を入れて練ってあります。まろやかさが増すので」

「卵黄ですか？　ありあとっす」

その様子を見て、はなは笑みを浮かべた。

「万里、やっぱり料理人だね」

あん肝味噌を付けた大根を口に入れたばかりなので、万里は返事が出来ない。

「料理人の条件は、食べるのが好きなことと、食べさせるのが好きなことだと思うよ。万里はどっちもばっちりだもん」

「うちのおばちゃんも同じこと言ってた」

「当然だよ。誰が考えたって、そうなんだから」

万里はふと、はなも年を取ったら二三のようなおばちゃんになるのだろうかと思った。


「今年も最後の金曜の夜は、大忘年会やるのかい？」

「もちろんですとも。一年間の感謝を込めて」

山手の問いに、二三は二つ返事で答えた。

「今年もローストビーフ、出るんですか？」

後藤の目が期待に輝いている。

「当然です。そのためのオーブンですから」

「じゃあ、当日は鯛《たい》でも差し入れるか」

「おじさん、太っ腹！」

万里がカウンターの中から拍手を送った。

「もし鯛が手に入ったら、俺、塩釜《しおがま》に挑戦する」

「何だ、それは？」

「塩と卵白を混ぜた衣で鯛を包んで焼いたやつ。パーティー料理だよ。見た目が派手だから」

「万里、そんな高級な料理、作れんの？」

目を丸くしたのは康平だ。

「へへへ。日々精進してますからね」

「万里君はね、来年、調理師の試験を受けるのよ」

カウンターの隅に腰掛けた一子が言った。

「へえ。いよいよか」

「まあ、将来のことは分らないけど、せっかくここで三年も働いたんだから、取っといたほうが得でしょ」

二三が横から口を挟み、チラリと万里の表情を窺《うかが》った。

「資格と金は持ってて損はないからさ」

万里は屈託のない顔でさらりと言って、康平と山手たちの前に新しい料理を置いた。

「本日はじめ食堂デビューの、あん肝野菜スティックでございい！」

三人はそれぞれ野菜を手に取り、あん肝味噌を付けて口に入れた。「う、美味い！」

叫んだのは同時だった。

「美味いな、これ」

「舌がとろけそうだ」

「どこで覚えてきた？」

「浦安の居酒屋。と言っても、すごくお洒落な店だけど」

「あたしたちも試食してビックリですよ。あん肝にこんな使い方があったなんてねえ」

「味噌と合わせてディップにするなんて、考えたことなかったわ。発明した人、ノーベル料理賞よ」

そのとき、ガラス戸が開いて、新しい客が入ってきた。

「こんばんは」

「よう、いらっしゃい！」

はなだった。万里は分ったが、二三も一子も山手も、正体を見抜けないようだ。

「ほら、いつかのパンクねえちゃん。ハロウィン終ったから、もうパンクじゃないけどね。桃田はなさんです！」

「どうも」

はなが小さく頭を下げた。

「まあ、良く来てくれたわね」

「あのときは助かりましたよ。本当にありがとう」

「よう、ねえちゃん、元気か？」

「さあ、どうぞ、お好きな席に掛けてちょうだい」

はなの顔には万里と二人だけの時はついぞ見せたことのない、恥じらいが浮かんでいた。

「あのう、お客じゃないんです」

「遠慮すんな。おじさんのおごりだ」

山手がすかさず声をかける。

万里がカウンターから出てきて、はなの前に立った。

「何かあった？」

はなは首を横に振り、手に持った紙袋を万里の胸に押しつけた。

「この間は、ごちそうさま。これ、お礼」

「えっ？」

「パウンドケーキ、焼いてきた。私、これだけは得意なんだ」

そして、さっと身を翻して店のガラス戸を開けた。

「またね！」

ガラス戸が閉まった。

「いやあ、何とも忙しないねえちゃんだなあ」

山手の声を聞きながら、万里は袋の中身に目を落とした。アルミホイルに包まれた長方形の物体が鎮座している。

康平がからかうように言った。

「お前も結構お安くないな。いつの間にデートに漕《こ》ぎ着けたんだ？」

「デートも何も……」

万里はカウンターに戻って紙袋を隅に置いた。

「友達の見舞いに行って、偶然会ったんだよ」

簡単にこれまでの経緯を打ち明けた。

「俺、正直、尊敬しちゃったよ。あの若さで自分の人生設計、キッチリ立ててさ。俺なんか、正直言って、未《いま》だに自分が本当は何やりたいのか、良く分んないんだよね」

万里の話を聞いていた一同は、それぞれ深く頷いた。

「しかし、あのねえちゃんだって、人生が設計通りに行くかどうか、分んねえぞ」

「何といってもまだ学生で、スタートの前だしな」

「でも、やっぱ偉いよ。俺も二十歳の頃は何も考えてなかったし」

「康平さんは、お店を継ぐって決まってたからでしょ」

「あの頃は全然真剣に考えてなくてさ。本気になったのは、店で働くようになってからだよ」

「みんな、そんなもんじゃないかしら」

一子が感慨深げな顔で後を引き取った。

「二十歳の頃に思い描いていた通りの人生を送っている人なんて、この世に何人もいないと思うわ。あたしだって、ふみちゃんと食堂をやることになるなんて、夢にも思わなかったもの」

夫と息子に先立たれ、息子の嫁と食堂を続けてゆくなど、若い頃の一子には想像も出来ないことだった。

「私も。まさか自分が食堂のおばちゃんになるなんて、夢にも思ってなかったわ」

二三は明るく微笑んだ。

「でも、今じゃこれが自分の本来の仕事だって思ってる。ナチュラルボーン食堂のおばちゃんよ」

一子はみんなの顔を見回して頷いた。

「それというのも、精一杯頑張ってきたからね。精一杯やれば、悔いは残らない。後悔がないから、納得できるんですよ、きっと」

最後に、万里に視線を向けた。

「万里君も、精一杯やってくれてるものね。だから、将来どんな道に進んでも、はじめ食堂で過ごした時間を後悔することは、絶対にありませんよ」

万里は一子の目を見返した。不覚にも涙がこぼれそうだった。

その夜、要も交えた夜食の席で、万里ははなにもらったケーキを取り出した。

「デザートにみんなで食べよう」

要は肘《ひじ》で万里をつっついてニヤリと笑った。

「万里もついにモテ期到来か。良かったねえ」

「へへん。やっと時代が俺に追いついたのさ」

アルミホイルを開くと、中から現れたのは薄い緑色のパウンドケーキだった。

「髪の毛がピンクでケーキが緑……」

要が呟くと、万里が鼻を近づけて匂《にお》いを嗅《か》いだ。

「何を入れたんだ？」

二三は一切れ食べて、じっと考えた。

「小松菜……かな」

「小松菜？」

一子も要も万里も、もう一度ケーキに注目した。

「前に、これと同じような色のケーキを食べたことがあるの。それは小松菜だったわ」

「ホウレン草ってことはない？」

「分んないけど、似たようなもんよ」

小松菜のパウンドケーキは、しっとりした食感で、ほんのり甘い優しい味だった。

「小松菜がスイーツになるなら、あん肝がディップになっても不思議はないよなあ」

万里が言うと、要がポンと背中を叩いた。

「美味いもの食べると、すぐはじめ食堂でもやってみようと思うその根性、立派にプロの料理人だよ」

「お前もやっと俺の真価に気が付いたか」

憎まれ口を利きながらも、万里は嬉《うれ》しそうだった。

二三は一子と目を見交わした。

将来万里君が店を離れることになっても、はじめ食堂で過ごした時間がかけがえのないものになるように、これからも頑張ろうね。

言葉には出さなくとも、二三と一子は暗黙のうちに心に誓ったのだった。

# 食堂のおばちゃんのワンポイントアドバイス

『真夏の焼きそば　食堂のおばちゃん5』を読んで下さってありがとうございます。今回も作品に登場する料理のレシピをいくつかご紹介します。手の掛かる料理やお金の掛かる料理はありませんので、安心して挑戦して下さい。そして上手《うま》く行ったら、次は材料や調味料にご自分なりのアレンジを加えて、オリジナルレシピで作るのも楽しいですよ。

失敗しても大丈夫。次は美味《おい》しく作れますから。

## ①冷やしナスうどん

〈材　料〉４人分

ナス中８本　鷹《たか》の爪《つめ》（輪切り）少々

うどん（稲庭風の細麺《ほそめん》の方が美味しい）４玉

めんつゆ４人分　薬味（小ネギなど）適量

ゴマ油　醤油《しょうゆ》　酒　和風出汁《だし》の素　中華スープの素　各適量

〈作　り　方〉

●ナスを縦半分に切り、厚さ5ミリ程度の薄切りにする。

●鍋にゴマ油を入れて熱し、ナスと鷹の爪の輪切りを入れ、炒《いた》めながら酒・醤油・和風出汁の素・中華スープの素を加えてゆく。お好みで砂糖を少し入れてもＯＫ。

●冷蔵庫で冷やしてから、茹《ゆ》でて水洗いしたうどんに添える。

●めんつゆを水で割り、薬味を入れる。

〈ワンポイントアドバイス〉

☆つけ麺でもぶっかけでも、お好みでどうぞ。

☆鷹の爪の代わりに七味唐辛子や豆板醤《とうばんじゃん》を使ってもＯＫです。

☆調味料から和風出汁の素と中華スープの素を省き、シンプルに酒・醤油・砂糖・鷹の爪だけで作っても美味しいですよ。

## ②野菜の冷製ジュレ掛け

〈材　料〉４人分

○夏　ナス２本　カボチャ中$\frac{1}{8}$個
冬瓜《とうがん》（カボチャと同じくらいの量）
茗荷《みょうが》４個　プチトマト４個

○秋　カボチャ中$\frac{1}{8}$個　椎茸《しいたけ》大４枚
蓮根と人参（厚さ5ミリの輪切り）各８枚　カブ４個

調味料Ａ（砂糖小さじ1杯　酒　醤油　和風出汁の素　各適量）ゼラチン　適量

〈作　り　方〉

○夏

●ナスは縦半分に切り、斜めに三等分する。カボチャと冬瓜は厚さ2センチ角に切る。茗荷は縦半分に切る。プチトマトはへたを取る。

●鍋に水と調味料Aを入れて煮立て、冬瓜・カボチャ・ナスを入れ、10分煮てから茗荷とプチトマトを入れ、更に2分ほど煮る。

●煮上がったら具材を取り出して冷蔵庫で冷やす。

●煮汁にゼラチンを加え、あら熱がとれたら冷蔵庫で冷やし固める。

●皿に具材を並べ、煮汁のゼリーを砕いて掛ける。

○秋

●カブは半分（大きければ四等分）に切る。

●鍋に水と調味料Aを入れて煮立て、カブと椎茸を7～8分（カブが柔らかくなるまで）煮る。煮た具材は冷蔵庫で冷やす。

●煮汁の三分の二を別の鍋に移してゼラチンで冷やし固めてゼリーを作り、残りの煮汁は保存容器に移しておく。

●カボチャは種を取った櫛形《くしがた》のまま、厚さ5ミリ程度の薄切りにする。蓮根と人参は厚さ5ミリ程度の輪切りにする。
●カボチャ・人参・蓮根を素揚げにする。
●揚がった具材を煮汁の容器に入れ、冷蔵庫で冷やす。
●皿に全ての具材を並べ、煮汁のゼリーを砕いて掛ける。

〈ワンポイントアドバイス〉
☆同じ野菜のジュレ掛けでも、夏はさっぱりめ、秋は素揚げを加えることで少しこってりめになります。
☆面倒臭かったら、全部煮ちゃってもOKですよ。

## ③ソース焼きそば

〈材　料〉４人分

中華麺４玉　豚コマ肉２００ｇ　キャベツ$\frac{1}{4}$玉

玉ネギ１個　人参小１本　モヤシ一袋

サラダ油　ウスターソース　塩　コショウ　各適量

お好みで紅ショウガ　揚げ玉　削り節など

〈作　り　方〉

●キャベツはざく切り、人参と玉ネギは薄切りにする。

●フライパン、あるいは鉄板にサラダ油を引き、肉と野菜を炒め、塩・コショウする。ほぐした中華麺を加え、水を振り、炒め合わせる。

●ウスターソースを回し掛け、味を調える。

●皿に盛ってお好みのトッピングをする。

〈ワンポイントアドバイス〉

☆中華麺は予《あらかじ》めお湯で戻したり、電子レンジで加熱してから炒める方法もあります。

☆味付けも中濃ソースと醤油、醤油とオイスターソースなど様々なやり方がありますので、お好みに合う味を見付けましょう。

☆インスタント麺に付属の粉末ソースも大いにありですから。

## ④カジキマグロの三色揚げ

〈材　料〉４人分

カジキマグロの切り身４枚

スライスチーズ２〜３枚　大葉８枚

練り梅　カレー粉　各適量

小麦粉　卵　パン粉　揚げ油　各適量

〈作　り　方〉

●カジキマグロの切り身１枚を三等分し、うち二つを更に厚さ半分に削《そ》ぐ。

●サンドイッチの要領で、薄切りにしたカジキマグロにスライスチーズを挟んだもの４個、大葉と練り梅を挟んだもの４個を作る。残りはカレー粉をまぶせばＯＫ。

●カジキマグロにフライの衣を付けて揚げる。

〈ワンポイントアドバイス〉

☆カジキマグロが薄い場合は、もう1枚ずつ買い足して、４人に三種類のサンドイッチが行き渡るように工夫して下さい。

☆脂の乗っていないカジキマグロでも美味しくいただけます。

## ⑤秋鮭のちゃんちゃん焼き

〈材　料〉４人分

鮭の切り身４切

キャベツ半分　玉ネギ２個　人参１本

しめじ（エノキ　椎茸　舞茸でも良い）２パック

調味料A（味噌《みそ》　醤油　酒　みりん）適量

塩　コショウ　サラダ油　バター　各適量

〈作り方〉

●鮭は骨を抜き、塩・コショウしておく。

●キャベツはざく切り、玉ネギは櫛形切り、人参は短冊切り、しめじはほぐす。

●蓋付きの大型フライパンにサラダ油を引き、キャベツ・玉ネギ・人参を入れて広げ、鮭を載せ、その上にしめじを散らす。

●調味料Aを回し掛け、蓋をして20分蒸し焼きにする。

●最後にバターを載せて2分ほど蒸らして出来上がり。

〈ワンポイントアドバイス〉

☆これも材料と味付けのバリエーションが豊富な料理です。色々試してお好みの味を見付けて下さい。

☆簡単で野菜がたっぷり食べられて鍋じゃないところが優れもの。

## ⑥カレー豆腐

〈材　料〉４人分

豆腐（木綿ごし）２丁　豚肉４００ｇ　玉ネギ2個　人参１本

カレー粉　酒　醤油　和風出汁　水溶き片栗粉　各適量

〈作　り　方〉

●豆腐は1丁を六等分する。玉ネギと人参は薄切り。

●鍋に水と酒・醤油・和風出汁を入れ、肉と野菜を煮て火が通ったら豆腐を入れて更に煮る。

●カレー粉を入れて〈蕎麦屋のカレーの味〉を目指して調整する。

●最後に水溶き片栗粉でとろみを付けて出来上がり。

〈ワンポイントアドバイス〉

☆レトルトのカレーに豆腐を入れるのもありですから。

## ⑦大根バター醤油

〈材　料〉４人分

大根１本　豚コマ６００g　醤油　酒　塩　コショウ　サラダ油　バター　各適量

〈作　り　方〉

●大根は太めの拍子木に切り、沸騰している湯で茹でる。湯が再び沸騰したら火を止めてザルにあける。

●フライパンにサラダ油を引き、豚コマを炒め、酒と塩・コショウを振り、大根を入れて更に炒める。

●火が通ったらバターを入れ、鍋肌から醤油を回し掛ける。

〈ワンポイントアドバイス〉

☆これは食べてみないと分らない、想像以上の美味しさです。

## ⑧カブラ蒸し

〈材　料〉４人分

カブ大４〜６個　卵白２個分　焼き穴子１パック　柚子《ゆず》の皮４枚

和風出汁　酒　薄口醤油　水溶き片栗粉　各適量

〈作　り　方〉

●カブは摺《す》り下ろす。卵白は泡立てる。

●焼き穴子は一口大に切り、タレを掛けて軽く電子レンジで温める。

●摺り下ろしたカブとメレンゲを混ぜて衣を作る。

●器に穴子を盛り、衣で覆ったら蒸し器に入れて10分ほど蒸す。鍋に水・酒・和風出汁・薄口醤油を入れて煮立て、水溶き片栗粉でとろみを付けて餡を作る。

●カブラ蒸しの上から餡を掛け、細切りにした柚子の皮を飾って出来上がり。

〈ワンポイントアドバイス〉

☆意外と簡単なのに女子力を絶賛されること間違いなしの料理です。具材は海老《えび》・蟹《かに》・ホタテ・鶏肉《とりにく》等、応用が利きます。

☆餡は市販の白出汁を使っても充分に美味しいです。

## ⑨レンコンの挟み揚げ

〈材　料〉４人分

レンコン大２本　豚挽肉《ひきにく》４００g

片栗粉　揚げ油　各適量

〈作　り　方〉

●レンコンを厚さ５ミリくらいの輪切りにする。

●レンコン２枚で挽肉を挟み、ギュッと押しつけたら、剝《は》がれないように円周に片栗粉を付ける。

●挽肉に火が通るまで揚げる。１７０度で３～４分が目安。

〈ワンポイントアドバイス〉

☆酒の肴《さかな》にもお弁当のおかずにもなるお役立ち料理。塩・コショウで召し上がるのがお勧めですが、醤油もソースもケチャップもＯＫ。

## ⑩牡蠣《かき》と野菜のオイスター炒め

〈材　料〉４人分

牡蠣（加熱用）４００ｇ　長ネギ２本　白菜¼玉　椎茸１パック　人参小１本

酒　塩　コショウ　オイスターソース　サラダ油　各適量

〈作り方〉

●牡蠣は塩水で洗い、ザルにあけて水を切る。

●白菜はざく切り、長ネギは斜め切り、人参は短冊切り、椎茸は四等分に切る。

●フライパンにサラダ油を引き、野菜を炒めながら酒を振って塩・コショウする。牡蠣を加え、オイスターソースを掛け、火が通ったら出来上がり。

〈ワンポイントアドバイス〉

☆オリーブ油で炒めて最後にバターを入れるとこくが出ます。

☆万里君のように、牡蠣に片栗粉を付けて揚げてから炒めると、味も食感もワンランク上がります。

## ⑪餡かけの茶碗蒸し

〈材　料〉４人分

卵2個　椎茸2枚　鶏《とり》モモ肉１００g

調味料Ａ（和風出汁　酒　白醤油）　水溶き片栗粉　各適量

〈作　り　方〉

●鍋に調味料Ａと水を合わせて３００ｃｃになるように入れ、一煮立ちさせてから冷ます。

●卵をよくかき混ぜ、ザルで漉《こ》しながら冷ました調味液と合わせる（Ｂ）。鶏肉は小さめに切り、椎茸は厚さ5ミリ程度に切る。

●器に鶏肉と椎茸を入れ、Ｂを流し込んで蒸し器で15分蒸す。

●別に用意した調味料Ａに吸い物よりやや濃い味になるまで水を加え、煮立ててから水溶き片栗粉でとろみを付け、茶碗蒸しに餡を掛ける。

〈ワンポイントアドバイス〉

☆おろし山葵《わさび》や生姜《しょうが》、柚子、山椒《さんしょう》の葉などを載せると、香りのトッピングが楽しめます。

## ⑫ニラ玉豆腐

〈材　料〉４人分

豆腐（絹ごし）２丁　ニラ２束　卵４個

調味料Ａ（和風出汁　酒　醤油）適量

〈作り方〉

●ニラは洗って３センチくらいの長さに切る。

●鍋に調味料Ａと水を入れ、半分に切った豆腐とニラを加えて煮る。

●火が通ったら溶き卵を回し掛けてとじる。

## ⑬鍋

### ★ホウレン草と豚バラの酒鍋

〈材　料〉４人分

ホウレン草４束　豚バラ肉６００～８００ｇ　酒１Ｌ

大根大半分　ポン酢（市販品で充分）適量

〈作　り　方〉

●ホウレン草は洗って根を切り落とす。大根を摺り下ろす。

●鍋に酒（合成酒はＮＧ。安物で良いから清酒を！）を入れて火に掛け、フランベしてアルコールを飛ばしてから豚肉とホウレン草を入れ、火が通ったらおろしポン酢を付けて食べる。

〈ワンポイントアドバイス〉

☆すごい量だとお思いでしょうが、ちゃんと食べられますよ。

## ★葱鮪鍋《ねぎま》

〈材　料〉４人分

マグロの中トロ２００g　長ネギ４本

調味料Ａ（和風出汁　酒　醤油）適量

〈作り方〉

●長ネギは長さ３～４センチに切る。マグロは刺身の大きさで。

●鍋に調味料Ａと水を入れ、ネギを煮て柔らかくなったらマグロを加え、火が通ったら出来上がり。意外とコショウが合う。

〈ワンポイントアドバイス〉

☆マグロのトロが高級食材になってしまったので、酒の肴にちょっとつまむ程度の量にいたしました。

## ★大根とホタテの鍋

〈材　料〉４人分

大根１本　ホタテ中20個　生姜１片

調味料Ａ（和風出汁　酒　白醬油）適量

〈作　り　方〉

●大根は薄い短冊切り、生姜は千切りにする。

●鍋に調味料Ａと水を入れ、大根を煮てから生姜をちらし、ホタテを加えて火が通ったら出来上がり。

〈ワンポイントアドバイス〉

☆鍋は汁と具材に無限の組合せがある料理です。味噌仕立てや豆乳汁でも作れますし、市販の鍋スープも利用出来ます。

☆どうぞこの冬は、簡単で美味しくてバリエーション豊かな鍋をお試し下さい。

本書は「ランティエ」二〇一八年九月号から二〇一九年一月号に、連載された作品です。

Haruki Bunko
ハルキ文庫

や 11-6

真夏《まなつ》の焼《や》きそば 食堂《しょくどう》のおばちゃん⑤

著者 山口恵以子《やまぐちえいこ》

2019年1月18日第一刷発行
2020年9月28日第六刷発行

発行者 角川春樹

発行所 株式会社角川春樹事務所
〒102-0074 東京都千代田区九段南2-1-30 イタリア文化会館

電話 03(3263)5247(編集)
03(3263)5881(営業)

印刷・製本 中央精版印刷株式会社

フォーマット・デザイン 芦澤泰偉
表紙イラストレーション 門坂 流



ISBN978-4-7584-4228-2 C0193 ©2019 Eiko Yamaguchi Printed in Japan
http://www.kadokawaharuki.co.jp/[営業]
fanmail@kadokawaharuki.co.jp[編集] ご意見・ご感想をお寄せください。

山口恵以子の本

## 恋するハンバーグ
### 食堂のおばちゃん2

トンカツ、ナポリタン、ハンバーグ、オムライス、クラムチャウダー……帝都ホテルのメインレストランで副料理長をしていた孝蔵は、愛妻一子と実家のある佃で小さな洋食屋をオープンさせた。理由あって無銭飲食した若者に親切にしたり、お客が店内で倒れたり——といろいろな事件がありながらも、「美味しい」と評判の「はじめ食堂」は、今日も大にぎわい。ロングセラー『食堂のおばちゃん』の、こころ温まる昭和の洋食屋物語。巻末に著者のレシピ付き。（文庫化に際してサブタイトルを変更しました）

ハルキ文庫

## 愛は味噌汁
### 食堂のおばちゃん3

オムレツ、エビフライ、豚汁、ぶり大根、麻婆ナス、鯛茶漬け、ゴーヤチャンプル——……昼は定食屋で夜は居酒屋。姑の一子《いちこ》と嫁の二三《ふみ》が仲良く営んでおり、そこにアルバイトの万里《ばんり》が加わってはや二年。美味しくて財布にも優しい佃の「はじめ食堂」は常連客の笑い声が絶えない。新しいお客さんがカラオケバトルで優勝したり、常連客の後藤に騒動が持ち上がったり、一子たちがはとバスの夜の観光ツアーに出かけたり——「はじめ食堂」は、賑やかで温かくお客さんたちを迎えてくれる。文庫オリジナル。